[日] 西尾維新 著
戴枫 译

サイコロジカル(上)
兎吊木垓輔の戯言殺し

Illustration take

绝妙逻辑(上)

兎吊木垓輔之戏言克星

Author
NISIOISIN
Illustration take   Cover Design 稚梦

サイコロジカル（上）
兎吊木垓輔の戯言殺し
西尾維新 NISIOISIN

兔吊木垓辅之戏言克星

[日] 西尾维新 著
[日] take 绘　　戴枫 译

中国广播影视出版社

千本樱文库

前 言
PREFACE

文库，原本是指收纳书物的仓库和书库，也指收纳书与记事簿，以及不常用物品的小箱子。以前者为例，京浜急行线的"金泽文库站"就是以前镰仓时代北条氏用来收藏汉书的，"金泽文库"名字的由来便是如此。东京都的世田谷区也存在收藏珍贵汉书的"静嘉堂文库"。后者则更多地被称为"手文库"。

江户时代以来，可以放入袖袂的小开本书籍逐渐流行起来，被称为"袖珍本"。明治三十六年（公元1903年），富山房发行了小开本的丛书，起名"袖珍名著文库"。随后，明治四十四年（公元1911年），讲述战国时代的猿飞佐助和雾隐才藏系列故事的讲谈社"立川文库"出版发行。讲谈是一种日本民间艺术形式，以口语化的方式讲述历史故事。而"立川文库"则是将讲谈收录成册集中出版的丛书。据统计，当时刊行量为200册左右。从那时起，文库就脱离了原本的释义，逐渐演变成了现在的类书集丛。

文库说法借鉴了日本出版业界的传统说法。而千本樱源自日本奈良县吉野山樱花盛开的奇景，世人皆用"一目千本樱"来形容樱花美景。"千本樱文库"纳入的作品皆为日系作品，题材包括推理、悬疑、幻想、青春、文化等类型，正如千本樱满山盛开的绝景。

现代日本，以"文库"命名刊行的丛书系列有200种以上，所谓"文库本"只不过是统称而已。日本传统的"文库本"常用的是148mm×105mm的A6尺寸，也叫"A6判"。千本樱文库的所有书籍将在"文库本"的基础上提升，达到148mm×210mm的开本标准。在追求还原的前提下，力图带给读者更清晰的阅读体验。

　　20世纪70年代以来，日系推理小说逐步进入中国读者的视野。随着时代更替，涌现出了各种不同风格的作家。日系推理小说能够长久不衰的原因之一在于设立的各种新人奖，这些新人奖能为日本文坛输送新鲜血液，不断地创作优秀作品。其中，以"自由度"著称的梅菲斯特奖独树一帜。梅菲斯特奖是讲谈社旗下的公募新人奖，其特色在于不限题材，不设字数限制，能够充分发挥作者的想象力和创作力。因此，获奖作品都具有鲜明的个性。同时，如森博嗣、京极夏彦、辻村深月等人气作家也都出道于梅菲斯特奖。梅菲斯特奖作家系列的引进出版，会给读者带来更多的个性之作。

　　西尾维新作品的风格，即使放在梅菲斯特奖的历史上，也是独具一格的。2002年至2005年期间刊行的"戏言系列"兼具文学性与娱乐性，打破了本格推理小说解谜为主，不注重登场角色的传统。其作品中，经常出现形形色色、个性怪异的角色形象：喜爱自言自语的大学生、醒来就会失忆的侦探……

　　"千本樱文库"会陆续为各位读者带来他们的故事。

"千本樱文库"编辑部

RENAISSANCE OF LIGHT NOVEL

轻的文艺复兴

　　轻文艺是介于轻小说与纯文学之间的分类。与轻小说一样，轻文艺较多使用配色浓烈鲜明的背景与人物形象的立绘作为封面。而在内容方面，除了汲取轻小说中"剑与魔法""异能""机械"等常见要素以外，更加注重构筑世界观，合理搭建人物关系，使其充分服务于剧情发展，因此更加具有逻辑性，作品完成度更高，并非只依托于"角色力"。而与纯文学相比，其天马行空的想象力，更受年轻读者喜欢的角色，以及融入流行文化的余味，都充分诠释了"轻"的概念。作为类型文学的重要分支，"轻文艺"不仅体现着文学的功能性，更将娱乐性发挥得淋漓尽致。

　　说到轻文艺的起源，离不开轻小说的发展。21世纪初，轻小说曾经涌现出大量内容丰富的杰出作品，读者群体涵盖甚广，题材百花齐放，文学性与娱乐性都非常高，当时堪称轻小说的"黄金时代"。但随着动画市场的商业化运作愈发成熟，轻小说逐渐受到形象商务与媒介联动的影响，"萌文化"与"角色力"逐渐占据主导地位，如今轻小说的受众群体范围在逐渐缩小。近年，轻文艺的涌现也正是适应了读者的需求与时代的改变。

　　"轻的文艺复兴"旨在再现当初轻小说"黄金时代"的繁荣，遴选当下具有代表性的轻文艺作品，其中既有口碑甚好的名作，也有个性鲜明的新作。宛如文艺复兴运动，将曾经辉煌过的流行文化，推荐给这个时代的读者们。

 千本樱文库

序章		1
第一天（1）	正解的终结	17
第一天（2）	罚与罚	59
第一天（3）	蓝色牢笼	101
第一天（4）	微笑与夜袭	183
第二天（1）	姗姗来迟的开始	221

＊自"第二天（2） 感染犯罪"起为下卷内容。

第二天（2）	感染犯罪
第二天（3）	伪善者日记
第二天（4）	死愿症
第二天（5）	项圈物语
第二天（6）	唯一的不明智的做法
后日谈	丧家之犬的沉默

目录

登场人物介绍

玖渚友 ————————————————— "死线之蓝"
铃无音音 ———————————————— 监护人
我（旁白）———————————————— 十九岁

斜道卿壹郎 ———————————————— "堕落三昧"
大垣志人 ———————————————— 助手
宇濑美幸 ———————————————— 秘书
神足雏善 ———————————————— 研究所职员
根尾古新 ———————————————— 研究所职员
三好心视 ———————————————— 研究所职员
春日井春日 ——————————————— 研究所职员
兔吊木垓辅 ——————————————— "害恶细菌"

哀川润 ————————————————— 承包人
石丸小呗 ———————————————— 大盗
零崎爱识 ———————————————— 入侵者

序章

天才的另一面，
显然是擅于制造丑闻。
——芥川龙之介

我（旁白）

玖渚友
KUNAGISA TOMO
"死线之蓝"

"你其实讨厌玖渚友吧？"

没有任何征兆，全无开场引白，十分自然又极其必然，毫不迷惘也全无隔阂，不带刹那踌躇，不带丝毫顾虑，但同时语气中既没有高压，也不含傲慢，既像仰视又似蔑视，干脆利落又若无其事，仿佛理所当然一样，兔吊木开门见山地抛出这句话。

我没有回答。

我只是注视着面前这名曾被称为"害恶细菌（Green Green Green）"的男性——兔吊木垓辅眼镜的镜片深处。不做其他反应，仅仅一言不发地面对眼前的人，仿佛我们正两相对峙。

宛如从未期待过我会回答一样，他毫不在意地继续。

"也就是说——她对你而言象征着'憎恨'，我甚至怀疑，她已经是你'厌恶'的对象了。厌恶，没错，就是厌恶。你无法否认吧？你怎么否认得了。我绝不会让你说出——你从未想过'若没有玖渚友该多好'。就算我这么对你说了，你也不会容许自己这么去想，不可能容许自己去想。没错——事实如此，若没有'死线之蓝（Dead Blue）'，或许谈不上幸福，但总归你还能步上更理想的人生道路。"

我没有回答。

"你想过吗？用你那被终极研究机构'ER3系统'青睐的聪慧大脑，用你只比赤红的人类最强略逊一筹的脑髓，哪怕就一次，你是否思考过这个问题呢？玖渚友何以在我们之中得到'死线之蓝'这样一个极其危险不祥的称号——这个问题的答案。"

我没有回答。

"没错，你甚至就连这点儿疑问——对这种，哪怕怀着那么一点兴趣或是细微的好奇心，都会让你不由自主去思考其缘由的琐碎疑问，你都未曾对此动过脑筋。既然你对玖渚友既不是'逃避'也不是'畏惧'，更不是'胆怯'，那按你的主张，这究竟是什么？你的整个人生都在逃离玖渚友。这是一场自打你与她初次见面时就开始的逃跑大赛。举个例子，你可以回想一下，你完全可以试着回想一下，你遇到她之前是什么模样？遇到她之前，即便你做不到昂首挺胸，自豪宣言'这才是我'，但仍可以主张不与任何人混为一谈的'自我'，而不必卑微地、灰头土脸地趴伏在地。没错吧？"

我没有回答。

"比如本人——兔吊木垓辅，虽然也得到'害恶细菌'这样一个歪曲事实又极度败坏名誉的蔑称，但和玖渚友的'死线之蓝'比起来，简直好上几倍、几十倍、几百倍。阳光正面到引人流泪。你似乎也听说过绫南豹，那是若只谈能力规格比玖渚友还要凶恶许多的探索者，得到的名号也不过就是'凶兽（Cheetah）'罢了。不不不，不不不不不，应该是更之前的问题。再之前，你想过吗？那个玖渚友为何能以当初十四，现也未满二十之龄，可称之为少女般的纤弱存在，成为我们的统率者？玖渚友作为技师是数一数二的，她的能力——不，战力正是如此出众，但在我们之中也绝不至于拔得头筹。即便如此她仍然是我们毫无争议的首领。我们的首领除她以外不可能再有他人。你就从来没觉得不可思议吗？"

我没有回答。

"这是因为我们全员都很清楚，我们所有人心领神会，除玖渚友以外的八名成员，各自的具体想法暂且不提，但所有人都知道且极为确信，仅凭自己，仅凭自我的个体存在，毋庸置疑束手无策，永远不可能跨越这条'死线'。就连那个由挑战欲和上进心浇筑而成，不甘屈于人下，除自己以外的所有概念一律不予承认的究极自我中心主义者——日中凉，也不得不认可这点。因此'死线'——不，想来可以跨越，确实可以跨越，要跨越本身非常简单。我不知道其他七人有无兴趣，至少本人可以办到，只需模拟一番就能轻松达成。然而我并无跨越那条'死线'的想法，更诚实露骨地说，我绝对不想跨过它，连想象都不想。如果跨出一步会后悔，还不如向后退。那条线的前方是绝不能踏足的异常空间，我们对此有所察觉，更有强烈自觉。正因如此，正因如此才是'死线之蓝'啊，就是这样。你见过她的哥哥玖渚直吧？"

我没有回答。

"我与他接触的次数称不上多，却足以看出他显然是个相当正经正常的人。你知道这意味着什么吗？几乎由完全相同的遗传因子构成的玖渚直和玖渚友之间那几乎压倒性的差距，究竟来自何处？这意味着并不是遗传因子或DNA之类的先天因素出了问题，向它们寻求答案毫无意义。究其缘由——因为玖渚友是特殊变异体啊！是特别中的特别！特异中的特异、变数中的变数，那就是玖渚友。而且她的特别与特异，卓越得只能认为在开玩笑，同时又恶劣到不像是在开玩笑，性格异常得无与伦比。你的性情已经古怪到让人兴致盎然，但你也从未觉得自己比玖渚友更古怪吧？和她比起来，你还远未脱离，远远未脱离常识的范畴。虽然这对你来说，也许稍稍有些背离你的初衷。"

我没有回答。

"比如，作为媒介者的人类最强代表着'停滞'，想必任谁都会认同吧，根本不可能有人反对。红从根源上就意味着这一点。然而玖渚友并不是红，她是坐落在相反极端的蓝，容谅一切许可一切，清爽又让人展颜，健康如天空一般的蓝色。尽管如此，她的存在对我，对我们，同时对你，将会唤来永恒的停滞。就是这样吧？最终你一步也没踏出去。自从与她相遇，至今的六年时间里，你什么也没学到，什么也没得到，什么也没破坏，什么也没去爱，什么都没找到，什么都没丢掉，在这六年的无止境的岁月里，只是无为地、无意图地、无意义地、无意识地停滞着。你停滞至今。就是这样吧？"

我没有回答。

"正因如此'死线之蓝'才是你厌恶的对象，怨恨的对象，恶意之所向,以及杀意之所向,理应如此。她是改变你人生的决定性因素。不,不对——她是让你人生没能改变的决定性因素。你的改变不被允许,自然也不仅仅只是愚蠢愚笨的怯懦之徒。你因愚蠢而敏锐,因愚笨而聪慧,又因怯懦而油滑。你不到一年的时间就已察觉到这强烈的事实——即'死线之蓝'之于你毫无疑问是'危险分子(Killer Application)'。于是你逃走了,因而你逃走了,所以你逃走了。你想保护自己,因此你逃往那个出乎意料的庞大系统,化作一个单纯的记号。对此事,我没有资格说三道四、吹毛求疵,那是你的自由,你姑且也拥有自由,因此我会尊重。然而就连你逃走的行为,就连你'逃走'这一形式,都没能给你自己带来哪怕一点变革,结果到了今天又给打回原形,待在玖渚友的身边,像六年前一样待在玖渚友的身边。你也想过这件事吧?你肯定考虑过这个问题吧?并且无论如何,你非常清楚,不是吗?只要没有玖渚友,只要没有玖渚友,只要没见过那条'死线'。"

没见过。

没见过的话现在究竟会变成怎样?

我没有回答。

"如果你没有'识人的眼光'——不过本来这东西就被过度夸大,只是愉快又不快的妄想罢了,若非妄想便是戏言吧。你已经看到'死线',也已经见过玖渚友。只是这样也还侥幸,虽然并不十分侥幸,但总比现在好些。可你太倒霉了,你为她着迷,更麻烦的是她也自发地迷上了你。这真是空前绝后,闻所未闻,称得上前无古人后无来者的大不幸。我想你应该很有自觉,我可从没见过这么倒霉的人。世上再没有比两情相悦更不幸的事,在你们这种稀有动物之间更是如此。你自己也这么想吧?你对她的爱慕,她对你的思念,究竟制造了多少牺牲品?究竟有多少人,在你们身边受伤、倒下、腐烂,最终埋在六尺之下呢?"

脑中浮现出她们的身姿。

然后是他们的身姿。

我没有回答。

"八成只需稍稍回顾一下你的人生,这些都可以被证明。想来根本不需回顾,甚至不需思考,就足以证明这一切。你大可以稍微回想一下自己的人生。以血洗血、以肉拭肉、以骨拂骨,那就是你走过来的人生路。哼。这真是十分具有象征意义。没错,'象征(Symbol)'——说到象征,方才谈话中稍有提及的'凶兽'——绫南豹。他是我们之中唯一与玖渚友同龄的少年人。'集团(Cluster)'结成时十四岁。因此若论背负'少年天才'十字架的人,他与'死线之蓝'算是同病相怜,虽然其中没有因果,但他的确是成员里最为接近玖渚友的存在。'接近',这种话由不相干的人,尤其与绫南豹势不两立的我来说很不愉快,但'凶兽'毫无疑问喜欢'死线之蓝'。他为她倾倒,她也使他痴狂。虽然天才总是孤独又孤高,但并非所有天才都爱着那种孤高。同胞意识、同类意识、同族意识、同属意识,如何称呼它倒不是重点。总而言之,言而总之,就是这么一回事。想必绫南豹的搜索能力你已经从玖渚友那里听过，如今不用我多言吧？"

我没有回答。

"包含首领玖渚友在内，尽管九名成员哪怕缺少任何一人，团体都无法成立，可是担任最为核心职责之人，可以说就是玖渚友和绫南豹了。玖渚友若是CPU，绫南豹就是显示器。自然，我们九人分别是各自领域中的怪咖，谁第一重要，谁又第二优秀之类的等级序列，平日一概不谈，我们自己也觉得没必要提起。绫南豹之所以恋上玖渚友，某种意义上可以说是必然。个中缘由就算是你也能明白吧？正因是你才会明白吧？或许就连你都不明白。那么问题来了，依你看，绫南豹的恋心、思念、话语，对这一切，玖渚友又是否回应过呢？"

我没有回答。

"答案是否。玖渚友哪怕是一丁点儿回应都没给过绫南豹。想不到吧？你肯定想不到，至少此事对你无疑是意料之外的，此种情况应当还不甚符合你的预期。因为基于这项事实，基于这仅仅一项事实，玖渚友对你采取的所有行动，每一举每一动的意义都将被改写。天旋地转——没错，甚至可以说天翻地覆。虽说这已经不在我所知的范畴内了。总而言之，无论绫南豹做什么，玖渚友都没有回应他。站在绫南豹的立场上，那个快活的俊才肯定最开始就已经预想到过，所以他没有做出过度接近玖渚友的举动。他没有——没有过度。他不像你如今一样傻得可爱，与'死线'之间保持毫无必要的距离。哼，这倒是同从前一样。尽管让他堕入牢狱的正是'死线'本人,'凶兽'至今却还与玖渚友藕断丝连。都不知道该说他念念不忘、依依不舍或者别的什么——不,并非如此吗?毕竟他那种少年人会本能地知道——孤独并不只属于他一人。我这个岁数倒是很容易忘。说起来,你和玖渚友、绫南豹同年吧?我记得是十九岁?"

我没有回答。

"所以你应该本能地了解。你一定本能地了解孤独和孤高的差异,异端和末端的差别。没错,关于这些,你心中所想的大体上都正确。就让兔吊木垓辅称赞你一句答得漂亮吧,奖励你一束鲜花。你没必要疑心,再说你就连怀疑的余地都没有。放心吧,现在你不得不烦恼的事另有其他,而且还不止一件。虽然任何情况都是如此,要同时处理发生在不同地点的繁杂事务总是让人不愉快的。我也这么觉得。想来你到今天走过的路必定狼狈凄惨充满困难,然而面前等待你的是根本无路可寻的沙漠,怕是更要苦涩十万八千里。我现在就这么直接跟你预言好了。"

兔吊木到底想表达什么?

我不明白。

我没有回答。

"以四年与玖渚友同吃一锅饭的立场,除此以外兔吊木垓辅没什么可以忠告了。除此以外别无他物,毫不夸张。就算你想逃离玖渚友,我也不会听你拜托,因为我没去你们那边。你已经跨越了'死线',所以无论我,甚至绫南豹都给不了你什么助言。就算有话对你说，也不过几句安慰罢了——'晚了一步''太可惜了''你真可怜'，云云。"

兔吊木究竟在回避什么？

我不明白。

我没有回答。

"你的人生早在遥远无穷尽的过去就完蛋了。完蛋，结束，一切都到头了，简言之就是走进死胡同。虽然你自身是否有所察觉，你对此究竟有无自觉、有无意识，我是不得而知。不过在我看来这样也好。这样不是挺好的吗？可能对你来说有点残酷，我基本是站在玖渚友那边的。虽然她没有吸引我，但我自己为她着迷，我为那个甚至比我小了一轮的少女着迷。所以只要玖渚友幸福就好，我对此并无意见，即便这同时意味着某人的不幸。不过你也一样吧？你也同我与绫南豹一样，只要玖渚友安好，其他的一切——甚至包括自己在内——都可以断言全无所谓。"

我没有回答。

"这没什么好害臊的。你不需要对此怀有一分哪怕一毫的羞愧。那就是她玖渚友的魅惑力和吸引力。'敬畏''崇敬'之类美丽的词语都能完美契合，它们严丝合缝地嵌入其中。正如我所说，夸张一点她甚至是一定意义上令人崇拜的对象。而且说到底无论你我，和玖渚友比起来全都无聊透顶，是死是活根本没人在乎——我完全可以不自卑也不客气地这么说。若她是一，我们便是千兆分之一；我们若是一，她即是千兆。为了她的幸福，即便有一两人牺牲，另有大量的人生就此'停滞'，也根本不值一提，是微不足道的小事。什么叫尽量争取大多数人的幸福？我的字典里没有这句话。这种东西在她面前，就连文字都算不上。对你来说也是一样，非得一样不可！"

我没有回答。

"'死线之蓝'呼唤我们，用她美丽的声音呼唤我们这些前线士兵。就连现在我只要集中精神，都好像还能听到她那高贵的嗓音——'让地狱，这种地狱成为地狱吧；让虐杀，这种虐杀成为虐杀吧；让罪恶，这种罪恶成为罪恶吧；让绝望，这种绝望成为绝望吧；让混沌，这种混沌成为混沌吧；让屈从，这种屈从成为屈从吧。不必顾虑更不必忌惮任何人，我等该向世界夸耀自身之美。此处是'死线'的寝室，尽情欢闹吧，'死线'容许一切——你不觉得整颗心都被震慑了吗？全身的汗毛都要倒竖起来。她是支配者，她太是了。这远远超出把世界握于掌心，区区世界对'死线之蓝'只是腻了就丢的玩具，是供她打发时间的物件。自然我也属于这个范畴，我对她而言不过是个稍微派得上用场的玩具而已。至于你是什么定位，果然不是我能得知的——正因不得而知，我才要问问你。喂，在她眼里，你到底是怎样的玩具呢？"

我没有回答。

"我们非得作为她的道具存在不可。我重申一次，这没什么好害臊的，成为她的道具是可以向全世界自夸的事，完全没什么好畏缩，你可以再自豪一点，奴隶也有奴隶的喜悦，在我面前逞逞威风啊？'我对玖渚友可比你有用多了，怎么样厉害吧'——之类的。这点肚量我姑且还有，所以你还在磨蹭什么？明明被她用完就丢是一种荣誉，就连被她踩踏蹂躏也是一种荣誉。你到底在害羞什么？"

我没有回答。

"我——'害恶细菌'曾听命于她蹂躏这个世界，还曾和'凶兽''二重世界(Double Flick)'一起合力在世上掀起革命。我们并不想成为英雄，也不想被称为恶魔。我只有一个心愿——我们只有一个心愿，我们想为'死线之蓝'派上用场——我们想为她而活，仅此而已，千真万确。无论是将世界改写的伟绩，还是将历史改篡的神迹，我都没什么想法。搞垮臭名远扬的恶魔之馆满足不了一点正义感，将清白无辜的小女孩的尸体四处丢弃，对我来说不会产生一丝罪恶感，得到大量金银财宝填补不了欲望，把催人泪下的悲剧演成大团圆结局也丝毫唤不起我的感慨。这些全都无关紧要。我的目的只有——不对，我的理由从来只有一个，不必抉择更不必迷惘的仅此一个，不开玩笑更不会错认的仅此一个——为她献上幸福，为她献上愉悦，为她献上快乐，为她献上欢喜。我肩负'害恶细菌'之名——为她破坏了一切。破坏着，将已经坏掉的东西破坏得更彻底，将彻底坏掉的东西再次毁灭。我为了她什么都会做。你应当也是如此，你也一样会为了她，毫不夸张地什么都做——你也一样能为了她舍弃所有。只要是为了她，你也能毁掉整个世界。你为了她——也同样能杀死自己。不是吗？"

我没有回答。

"然而，然而，然而这一切都要建立在玖渚友——'死线之蓝''能够'获得幸福的大前提下，不过是个预设前提的解答。如何定义'幸福'这样模糊的概念，最终还要取决于玖渚友本人——但即便如此也一样。玖渚友倾心于你，就好像我为她着迷，并且比你爱她的程度更甚。以我的立场，发言总不过是推测，不过恐怕她只要是为了你什么都愿意做，只要是你说的话她什么都会听，无论你做什么她都会原谅，如果你要她去死她八成就会去。她就像你忠实于她一样忠实于你。这正是两情相悦——但若是这样，我们同样可以换一种角度思考。假设，若推定你与'死线之蓝'之间的关系属于循环互补性质，那么就像你与玖渚友在一起导致自身时间停滞一般，玖渚友自身的时间，是否也由于与你在一起而停滞了呢？"

我……

我，我……

我没有回答。

"自然如我所说，这只是假设而已，不过是没有任何材料支持，预设了答案再来推导过程的假说。但这假说太过现实，以至于非常值得思考。就算幸与不幸要看个人标准，就算他人的观察结果对当事者本人来说是多管闲事的妄言，亲手停止了自己时间的该死小鬼无论在什么意义上都不可能幸福吧？就好比，你无论做什么都不可能得到所谓的幸福，那么玖渚友不也就无法从本质上尝到幸福的滋味吗？就像玖渚友成了你的动机，你终究也成了玖渚友的动机。那么'停滞'便会循环、螺旋,经由你最终回到玖渚友身上。'死线'越过了自己变为'死灭$^{\text{Dead End}}$'。只要她还与你在一起,只要你还存在于此。"

我……

我,我……

我没有回答。

"然而可怕之处在于,这件事仅仅抹消你的存在是解决不了的。比如说吧,我现在下手把你杀了——兔吊木垓辅对你实施杀害,这可不算危言耸听哦,像我刚才说的,我毫不介意为了'死线之蓝'杀人,我至少,我最少,也为她着迷到这种程度。所以,假设我已经把你这个人从世上抹得一干二净了,然而,这同时也意味着抹消玖渚友。原本仅仅被暂停的东西只会永远停滞,仅此而已,无法带来任何改善,甚至事态还会恶化,真可怕,真是不愉快。明明若想维持最好情况只能放置现状不管,可这所谓的最好正是实际上的最坏,同时绝无改善之策。你已经完蛋了,然后玖渚友也完蛋了。今后你们会永远完蛋下去,不仅仅是保持状态,而是持续不断地完蛋下去,除了残酷没有别的描述方式。你,然后是你们,真的很可悲。正因如此,正因如此我才要问你,正因如此我才不得不问你。我既有这样做的权利,你也有必须回答的义务。求求你了,能不能请你诚实不带一丝欺瞒、不容分毫质疑地,堂堂正正、单纯地回答我这个问题呢?"

兔吊木说——

"你其实讨厌玖渚友吧?"

我……

我,我……

我——

第一天（1）——正解的终结

玖渚友
KUNAGISA TOMO
"死线之蓝"

0

好了
那么诸位宾客
接下来，还请抽出一点宝贵的时间

1

"所以小友，那个什么来着？那个叫'吐掉木'的大体上是怎样的家伙？"

车子是借来的，本来开车时不该聊天，可周围别说是人，连根狗毛都看不到，路上也没有别的车。这条土路，似乎就连基建施工队那无孔不入的魔爪都至少十年没伸进来过。不，就算说它是林荫道也没有差别吧，信号灯也完全见不到，虽然发生事故的可能性很低，我还是稍稍放慢了速度，询问起坐在副驾驶席的玖渚友。

玖渚很不可思议似的"呜咿[1]"了一声，歪歪头说："人家没讲过吗？阿伊，"她反问道，"小细的事，之前应该已经花时间仔仔细细跟你解释过一遍了呀。"

"不，我可没听过啊！"

我嘴上这么说着，但既然玖渚说解释过了，那多半是不会有错的。且不说玖渚的记忆力精准得足以匹敌精密仪器，单论我的记忆力可是差到必须要接受精密检查的。因此按照惯例，这次也是我把发生过的事忘光了而已。然而，忘了的事，自然就相当于不知道。

"嗯，小细他……"

"首先就是这个，为什么叫他'小细'啊？他不是叫'吐掉木该腐'吗？无论拿哪个部分出来都不是'小细'啊。"

"是昵称啦。你看，就跟小豹、小日、小恶他们一样啊。因为是'害恶细菌'，所以叫'小细'。"

"哼……原来如此。"

姑且是理解了，但这命名品位还是让人一头雾水。从昵称里面再取昵称的意义何在？

"是'细菌'的'细'啊……感觉像被霸凌的学生。"

"嗯……小细倒不是那种角色啦，硬要说的话那是小豹的定位，小细是负责欺负人的。不过确实，记得小细在'Team'里也是与众不同的，或者说，一个人置身事外？怎么说呢，就好像大放异彩那样的感觉。"

---

1 "呜咿"是玖渚友的惯用语气词，音译。——译者注

"比你还厉害？"

"人家要负责统率大家，所以不可以置身事外，也不可以大放异彩哦。"

"……"

算了，什么都不说吧。

我最近学会了沉默。

"小豹是做什么的来着？我记得是搜索组的吧。"

"对，超强探索，只要是银河系内发生过的事，什么都能查到。这次如果没有小豹的话，真不知道现在会怎样哦。因为小豹讨厌小细，找他帮忙费了人家好一番工夫呢。"

"不知道现在会怎样吗……"但就算得到小豹助力的现在，也根本不知道接下来会如何发展，"所以呢？动用小豹来搜索的小细……'吐掉木'那家伙是干吗的？他掌握着宇宙大爆炸的秘密什么的吗？"

"不是哦。"玖渚干脆地否认，"阿伊你可能有点误会，准确地说小豹的'探索'已经完全脱离常识的轨道。虽然这样说他，可能听起来像挖苦——人家花一百年、一千年找到的东西，都赶不上小豹一天查到的多。小豹啊，就算在'Team'内部也是很出彩的。"

"哦……那还真有点意外。"

顺便一提这位小豹，现在正蹲在美国最高级别监狱里服一百五十年的刑期。我记得小豹是与我和玖渚同年的十九岁，嗯，毕竟现代医疗和福利条件都这么完善，搞不好他能活着出狱呢。

"所以和小豹比起来，小细的规格就要降几个档次啦。当然专长不一样，单拿他们两个来比较也不合适，就像比叡山和鸭川一样。"

"就算你这么比喻，我也还是搞不懂他们厉害在哪儿……所以呢？他的专长是什么？"

"嗯，小细的专长就是'破坏（Crack）'哦。"

"坏客（Cracker）[1]……的意思吗？"

"就是这样。"玖渚友点了下头，"虽然大家常常说'黑客（Hacker）'和'坏客'有很多区别。但只论小细，只说'兔吊木垓辅'本人的话，根本没有特意区别的必要。小细把自己拥有的一切都倾注在了'破坏'上，他把只要他自己愿意就可以匹敌最强级别的万能力量，全都只倾注在'破坏'上，他是个非常专业，非常非常专业，专业过了头，登峰造极的破坏者哦。"

"一切只为了破坏？"

"一切只为了破坏。"玖渚这样乐天派的人，此时却罕见地带着几分无可奈何表示同意，"就像名字一样，还真是自我主张强烈的人啊，小细他。虽然性格不像小豹那么恶劣，可是，该说他是奉行故意讨人嫌主义呢，还是说他最喜欢给别人找麻烦呢，总而言之，就是这种感觉。"

"那些表现还不叫性格恶劣吗？"

1　在计算机领域可指专门破解密码和软件的人。——译者注

"他其实人品还蛮好的啦,在成员里也是年纪第二大的。啊,不过这种事情跟年龄好像没什么关系吧?虽然人家不太懂。"

"'tù diào mù'到底是哪几个字啊?"

"应该是'吊着兔子的树木'的'兔吊木'哦,然后是亿兆京垓的垓,车字旁的辅。人家和他们之间一般不用本名互相称呼,所以记得不太清楚就是了。"

听名字就觉得这家伙讨厌。

唉,虽然我也没什么资格说别人。

"不过,真搞不懂……为什么这么自我的人,会待在那个恶名远扬的'堕落三昧(Mad Demon)'卿壹郎的研究所啊?我不太明白。小豹没和你解释吗?"

"嗯,刚刚人家也提到了,因为小豹和小细关系不好呀,只说了地点在哪儿。不过嘛,光是愿意告诉人家'不知道在日本哪个角落的斜道卿壹郎研究所,其实是在爱知县',就已经很值得感激了。虽然问小直估计也可以,不过小直就是小直,要做小直该做的事,平时好忙的。"

"值得感激……可是,不得不去那个研究所,让我心情有点沉重……"

"是吗?"

"肯定不能像去USJ[1]玩儿一样啊!"

我把身体重心压在方向盘上,叹了口气。

---

1 大阪环球影城的英文缩写。——译者注

从京都府开到大阪府，再经过奈良县，现在已经驶入三重县境内了。三重县属于近畿还是中部来着？如果属于中部地区，我们就已经非常接近目的地——爱知了。我看了看之前小姬送我的腕表，指针显示从京都出发后，现已经过三个多小时。这个时长，要是走高速八成已经到了，然而我上个月、上上个月，双臂以及全身各处全都挂彩，前几天才终于治好，因此想尽量避免开车上高速。

反正这趟旅行也不需要太赶时间。

毕竟，现在最重要的不是时间。

"说得没错啊，伊字诀。"

此时，至今为止一直保持沉默的后座传来话音。我稍稍偏过头，回了一句："您醒了啊，铃无小姐。"

铃无小姐则有些烦躁地说："伊字诀和蓝蓝你们两个叽叽喳喳太吵了我才醒的，开车可不该聊天。"她抱怨道，"再说菲亚特的后座也太窄了……不太适合睡觉。真搞不懂浅野的喜好，那家伙明明喜好和风，结果却买的进口车，而且为啥要买这么狭窄又不方便的车？还没马力，真的没把发动机忘厂子里吗？完全搞不懂浅野的逻辑。伊字诀，你也这么觉得吧？"

"我不会评价的。"

"我想也是。"铃无小姐无声地笑。

"话说铃无小姐，您刚才那句'说得没错啊'指的什么？"

"嗯，"铃无小姐点点头，"对蓝蓝来说，卿壹郎博士和那个兔吊木先生算老熟人，而且你们都是'专家'，说话也不用顾忌吧。再说你伊字诀，虽然ER3还是HMO本小姐不记得了，反正你在那种高大上的研究机构留了五年学，也算经验丰富吧？可本小姐不一样，要和什么博士、研究员那类的人见面，这可是头一遭。虽然不知道伊字诀心情沉重到什么程度，但本小姐远比你沉重得多！"

"这可不太像铃无小姐会说的话啊！"

"别这样看，本小姐也认生。大博士们一门心思只知道研究，要怎么和他们说话我可是一点儿头绪也没有。明明本小姐连圆锥体积都不会算……"

"唔，是哦……对了铃无小姐，您喜欢《奇爱博士》[1]吗？"

"不讨厌吧。"

"那大概就没问题，能搞好关系的。"

"……有这么容易吗？话说回来，真的……伊字诀，希望别再有下次了。这次虽然有浅野拜托我才跟来，但本小姐也很忙。这真是'人对牛弹琴，秀才遇上兵'，浅野美衣子的话又没法不听啊！"

"我很感谢您哦。"

"谢谢两个字谁都会说，谁都会说的话岂不无聊？你要做点只有你能做到的事啊，伊字诀。"

说着，铃无小姐在狭窄的后座上横躺下来。由于铃无小姐在女

---

[1] 1964年出品的英语黑色幽默电影，与《2001太空漫游》《发条橙》并称"未来三部曲"。——译者注

性中算很高的——倒不如说，一米八九在男性中也属于高个子群体——因此，后座对她来说似乎相当拘束。而且她不仅一身非常正式、毫无季节感的纯黑西服套装，里面又把一件敞领衬衫穿得严丝合缝，甚至还打着领带，看起来就更不好躺了。

铃无音音，她是我下榻公寓的邻居，即这辆菲亚特500的车主——浅野美衣子小姐的挚友，二十五岁，平时在比叡山延历寺打工，偶尔会下山来玩。虽然我平时通过美衣子小姐和她有些来往，但玖渚和铃无小姐今天是初次见面。

"所以伊字诀，到底还要多久才到啊？"

"不知道啊……三重县属于中部地区吧？"

"近畿地区。"

"这样吗？那……大概还得再花点时间。"

"伊字诀，不管属于中部还是近畿，三重都在爱知隔壁啊，又不会变。三重属于哪边根本不会影响剩余时间的啦。"

"啊，的确。是我糊涂了。"

"一般不会在这种事上犯糊涂吧？阿伊，你难不成只说得出一半以上的都道府县名称？"

"那也太小瞧我了吧……怎么可能有人说不全所有都道府县的名字？"

"本小姐就说不出来，前两天还以为比叡山在京都。"

"您这个误会未免太不应该了……"

"而且也不知道京都居然有海哩。"

"请不要说得这么得意……"

"哈！本小姐虽然不擅长算术，但是社科也不擅长哦，没等搞懂澳大利亚和奥地利的区别就从小学退学了，还分不清蒙古和中国。不过本小姐不在乎，反正又没有啥不方便的。"

"这样吗？"

"就是这样。本小姐觉得其实不必掌握那么多常识。再说，就连那一丁点儿常识都不具备的家伙，最近也多得有些过头啦。"

语带讽刺地说完，铃无小姐戴上帽子，把帽檐压得很低。

漆黑如鸦的发色配上她这身行头，修长的双腿，外加流线形体格，最后戴上一顶帽子，让人不禁联想起次元大介[1]，然而次元大介专坐副驾驶，而此时端坐在副驾驶席的却是个朝气蓬勃的蓝发女孩，这联想也只得作罢。不，还有正在开车的我本就不可能成为鲁邦三世吧。

"不过，非常抱歉硬拜托您跟来，要是美衣子小姐抽得出时间就好了……"

"伊字诀，"帽檐依旧压得极低，铃无小姐干巴巴地说，"这次是特殊情况没办法，但本小姐希望你不要老是把浅野卷进这种纠缠不清的故事里做登场角色。她那人，很早以前就像个老妈子，爱操心，外加老好人，还是一个硬把好心塞过来强迫你接受的闲事婆。而且，要是帮不上忙也就罢了，浅野却总能派上那么点用场。

---

[1] 鲁邦三世里的角色，神枪手次元大介经常把帽檐压低遮住脸，鲁邦三世的伙伴。——译者注

我也不是夸自己人啊,浅野的剑道技术一流不说,其他方面也挺有能耐。而且最主要的是,她脑筋不太好使,说白了就是笨蛋,还不是普通的蠢,是蠢疯了的那种。所以她那种人,注定要受人利用,要吃大亏。"

"您这是夸她吗?"

"是夸她啊!不然还能是什么?总之,虽然你看起来不是那种人,但也不想看到你总给浅野找麻烦。当然,也别给本小姐找。"

"我明白的。"

"我想也是。就因为你这个人明知故犯,所以才不好办啊!有时候真想求你老老实实地待着。总之我不能说你拜托别人有错,但自己能做得到的事却指望别人,这样不好。有的事,一个人两个人都能做,那肯定是自己做效率更高,所谓'木匠多了盖歪房子,船长多了渡上山头'。"

"这句话听起来很厉害啊!居然能把船开到山头上去,够惊人的。"

"别抓我话把儿,再说要是达不到目的,过程怎样都是白搭,你最好记住哦。"

有段时日没见到铃无小姐,看来她爱说教这点还是完全没变。不过毕竟是我有求于人,倒也有奉陪义务,听听她的唠叨。

况且铃无小姐决不说错误的话。

只不过有时不那么正确而已。

"对不起哦,音音。"玖渚说,"这次怎么说都必须要有监护人陪同，因为人家和阿伊都还没到20岁[1]，人家自己还能求他们通融一下，但是阿伊就……"

"蓝蓝你不用道歉，因为你是美少女啊！"

"美少女就没关系吗？"

"不要让我说这种理所当然的话好不好？"铃无小姐无所畏惧地嗤笑一声，"我觉得美少女的价值可以驱逐其他一切。什么高洁正义，愉悦怜悯，什么道什么德，什么仁什么爱，这些杂七杂八的道理，在美少女面前都是浮云。"

她那究极偏颇的价值观，以及那"人类分为三种：美少女，本小姐，以及其他"的扭曲个人哲学，似乎也是一切照旧。

算了，毕竟都说人会追求自己没有的东西，而且对他人的价值观说三道四横加干涉，实在不是聪明人的做派。

"那本小姐再睡会儿，最近天天熬夜，现在困得很凶——哎，想不到怎么形容有多凶呢。所以伊字诀，到地方了麻烦你叫我起来。"

"遵命。"

我如此回答，之后便集中精神——虽然也是因为路况复杂起来了，暂且专注于驾驶。铃无小姐似乎很快便入睡（不过亏她躺在那种地方睡得着），渐渐开始听得到鼾声。玖渚开始摆弄她的掌上电脑。而凭我的脑子，自然想不到这位集书虫^{Nerd}、极客^{Geek}、狂热者^{Mania}、御宅族^{Otaku}等一众头衔于一身的蓝发少女在进行何种作业，便没问她在

---

[1] 据2022年4月日本新规，玖渚友、阿伊已成年。——译者注

做什么。

然后,我开始思考。

关于接下来要去的地方,以及接下来要见的人。

"兔吊木垓辅吗……"

2

但凡对电子工学的世界小有接触,或是对机械工学的领域稍有涉足,再或者,仅仅是曾探头张望社会内侧的一隅,瞥见过一些碎片,就不可能没听说过"Team"的名号。因为在那个时代(是的,已经形成了一个时代)想完全避开他们的影响只走自己的路,是绝无可能的。

一边被喊作网络恐怖分子,另一边又作为虚拟空间的开拓者被人称道;被某人骂作罪犯,又被他人捧为救世主。但这任何一项评价都称不上准确。反过来,无论将他们称为什么,都不过堪堪触及真相的某一侧面。

总之,就是存在过这么一个"Team"。在那个世界里,只要使用"那帮人""他们"等代表不特定复数的人称代词,指的就是这群人。不过即便他们十分出名,但他们究竟是怎样的团队,究竟是为何而生的团队,甚至究竟是否真是一个团队,一直以来都是谜。因为"Team"将自己活动的痕迹抹得一点儿也不剩,而这一行为，让"Team"的存在变得更接近传说。

因此——

就算告诉别人，现在我身边这个看起来快活得不得了的小女孩正是那"Team"的统率者，恐怕根本不会有人信。而且，那个曾展开那样大规模破坏活动，以及超规格构筑活动的"Team"，那支被评为"狂热信徒旅团"的队伍，就算说它是个只有区区九名成员的小分队，我想也同样没人相信吧。

而我接下来要去见的人，便是那九名成员之一——兔吊木垓辅。

玖渚究竟是如何与包括兔吊木在内的八名成员相遇，又怀着怎样的动机最终把团队建设为"快乐"犯罪（要这么形容的话破坏力又太大了）团伙，我并不知晓。个中缘由目前还不在我的兴趣范围内，而且我轻易也问不出口。

不，坦白说——

坦白说，并非如此，那只是借口，只是我为了自己方便，擅自解释的一个断面。实际上，也许我只是不想知道那些内情而已。在我与玖渚之间的空白期，究竟发生过怎样的事件？我既不想把自己的情况告诉玖渚，而玖渚身上到底发生过什么，我其实也不想知道。

玖渚友——

我独一无二的友人。

与她相识时，我还住在神户，还未曾过完自己繁花怒放的十三岁。五年前——不，现在差不多是六年前了，我和这位蓝色少女共度了大约半年时光，又在半年后分别。之后五年相互没有联系，数月前才再次相见。

五年。

尽管五年足以改变一个人，但最终我根本没有改变多少，玖渚也和以前相比几乎没变。除了给自己制造了一段不得了的经历，以及不知在何时与八名同伴分道扬镳。

每当玖渚提起他们和她们，看起来真的非常开心。无论是给我讲述据说把整个银河系的信息握于股掌之间的"小豹"绫南豹的事迹，还是给我解释这次的"小细"兔吊木垓辅，她看起来都十分开心，就像是展示自己引以为豪的宝物一样，真的非常开心。

而这让我有点不太舒服。

不知道为什么，就是不太舒服。

"也就是单纯的嫉妒吧……"

嫉妒这个词也有些不准确，不过大概没偏到哪儿去。我既不是容许一切的圣人君子，也不是那种把玖渚的喜与乐原封不动等价转换成自己情感的单纯人格。说真心话，对于曾经比我更接近玖渚的那八人，我很难说自己抱有正面的情感。虽然不到敌视的程度，不过至少也算不上好意吧。

只是……

只是这种情况下，这种忧郁的情绪比之平时更甚。

"心事重重啊……"

"为什么？"

我本想小声嘀咕不让她听见，玖渚却对我的自言自语做出反应。不过毕竟是玖渚，虽然她的目光现在也没有离开那台掌上电脑。玖渚很擅长一心多用，甚至让人怀疑她是不是拥有四位数的大脑，她曾经表演过一次性操作128台电脑的神技，这样一想，现在这点小把戏就很简单了。她并非没有集中力，甚至她拥有的集中力，是可以让她即便同时眼观耳听四方八方十六方，也还绰绰有余的海量级。

因此，她将这种程度的集中力聚集于一点时——甚至轻易地能与世界为敌。

"为什么心事重重呢？阿伊，难道你说的是'薪石重重'？嗯，很有趣，人家觉得这个谐音很有意思哦。"

"我才不会说那种俏皮话呢……自言自语而已，你不用在意的。"

"那就不在意了。不过，阿伊没必要那么担心的，自己不关心的人，小细就不会去招惹，所以人畜无害的啦。"

"那倒帮了大忙，不过我不是担心这个……"

"也就是说，你在担心卿壹郎博士吗？"

"硬要说的话，唉，算是吧。"

我点点头。

斜道卿壹郎研究机构，根据小豹提供的情报，那是兔吊木正以特别研究员的身份"供职"的单位，全日本屈指可数的、毫无背景支撑、纯粹的学术研究所。这座机构之鼎鼎大名,不仅连我也有所耳闻,而且还记住了。对我那不可靠到让人怀疑全由临时内存构成的脑神经而言,"记住了"几乎是个奇迹,足以证明这座研究所的厉害。况且所长——斜道卿壹郎其人本身便是一位名气大到匹敌"Team"的名士。

人称"堕落三昧卿壹郎"就是他。

从他的外号可以推测,他是那种虽然广为人知,却不一定广受尊敬的研究开发人员。数理生理、形式机械、动物生态、电子理论等,他的足智多谋甚至体现在涉猎领域的广泛,似乎是复合型科学家中的先驱人物。这种背景配合他本人的资质,让他荒谬绝伦的古怪科学家形象传得人尽皆知。尽管他今年已是六十三岁高龄,却仍然住在自己的设施里,活跃在学术第一线。

"我记得你见过卿壹郎博士吧?"

"嗯,不过是在遇到阿伊之前,那时候人家应该是十二岁。"

"哦,十二岁啊。"

"当时研究所在北海道呢……人家和小直一起去的哦。"

"嘿,这样啊。"

"嗯,那个时候小直还很闲嘛。"

小直就是玖渚的亲哥哥,玖渚直。他是个正经无比的人,让人难以想象他与玖渚友有着同样的双亲,六年前我也受了他不少照顾。不过,直先生如今正在当自己父亲(自然也是玖渚的父亲,但玖渚已和家里断绝关系)的秘书,已经是堂堂的社会人士,几乎没有机会见到他。

"博士那时候就很激进了，之后越来越扭曲了哦，再怎么被封杀，也不至于到隐瞒地址，招募少数精英继续做研究吧？太异常了嘛。"

"你有说他的立场吗？"

"'异常'可以探测到其他异常哦。"玖渚看起来有点得意，"这就是'行家看门道'吧。嗯……不过可能说'门道知行家'比较准确。"

"这样啊……"我随便点了点头，"简单地说就是疯狂科学家？"

"对，就是疯狂科学家。"

"话说，呃……所以，卿壹郎博士不惜把自己关进山里，到底在研究什么？"

"七年前的话，大概是人工智能，不过这个说法，只是大致概括一下而已。嗯，那个时候很流行人工智能的，算是掀起过风潮吧？总之发生过很多。不过博士原本研究的东西和那种不太一样。"

"聊天机器人的话，我也做过，在那边上课的时候。"

"人家也常常做，同伴里面的小日很喜欢的。小日经常这样说——'对着人类说话和对着聊天机器人敲键盘很像呢，两边都很无能[1]'来着。"

"这家伙听起来性格也够烂……"

1　日语中聊天机器人也叫人工无能，这里取自谐音。——译者注

"是呢，乖孩子可能只有人家一个。总之人家以前见到博士的时候，他做的是人工智能领域开发和开拓方面。但是流行总会过气呀，听说现在博士没那么认真投入人工智能了。虽然不知道他具体做什么，基本上都在控制论范围内吧，人家觉得，总不至于连领域都换掉。"

"哦……"

"不过，肯定还是亏本研究。他就是那种人，真的，老早以前就是了。"

玖渚有些扫兴地噘起她的樱桃小嘴，这种神情在玖渚友的脸上相当少见。由于我知道根源在于兔吊木，因此故意什么都没说，什么都没打算说。

我一言不发继续开车。

"不过阿伊不用在意的，因为博士同样对不关心的人没兴趣，虽然性格很恶劣啦。阿伊只要跟着人家来就好，只要待在人家身边就好了哦。"

"这样吗？那真是非常感激。"

自然，她说的话一点不错。无论"害恶细菌"兔吊木垓辅，还是"堕落三昧"斜道卿壹郎，我这区区私立大学的大学生，又怎能入得了这两位的法眼。毕竟有过类似经验，对此我也算有自觉，倒也没什么特别的（虽然也只是没到"特别"的程度）不安感。我既没有，也不打算告诉玖渚的是……其实我的不安源自别处，而且很可能这两天就会应验。

"唉……加上这件事也够沉重的了。"

说到底，想必也是只能称为偶然的某种必然，没有一点办法。我的整个人生几乎就是这些细枝末节的集成，随波逐流，顺流而下，倒也没什么不满意，只是有点不安，仅此而已。

"嗯，好像到爱知啦。那就，下个路口左转哦，阿伊。"

"真的吗？越来越接近山路了呢。"

我们很早之前就已经行驶在裸露的土路上，窗外是望不到头的大片杉树林，要是花粉过敏者看到这副光景想必会毛骨悚然。一旦置身于这种环境，总不禁让人怀疑地球的森林面积真的不足吗？

"研究所在山里哦，从这里开始地图上就没画了，所以只能靠记忆力啦。"

"哦……倒是没问题，反正你的导航也不可能出错，不过还要开多久啊？看里程差不多该加汽油了，不然会很麻烦的，毕竟这辆车没什么动力啊！"

"马上就到了啦，差不多就是三重县的边境到爱知县那么点距离嘛。话说回来爱知真好啊，有很多聪明人。"

"是吗？"

"是哦。再怎么说也是'名古屋打法[1]'的发源地，很有来头的。人家觉得，博士之所以选择搬到爱知，大概也是因为这个。虽然也不是要沾光什么的，而且博士应该不缺钱……啊——说起来好

---

[1] 1979年日本太东公司推出的街机游戏《太空侵略者》中一种著名的攻略技巧。——译者注

期待啊，好期待见到小细，真的是好久没见了！"

"期待倒没关系，不过你要好好想想见到他以后怎么安排啊？你不是来爱知游山玩水的吧？我这次也没什么意愿帮你。"

"嗯？为什么呢？难不成阿伊在吃醋？"满脸坏笑，看起来有点开心的玖渚友说着，"阿伊平时看起来漠不关心的，其实很会吃醋呢。算是紧要时刻心胸狭窄吗？安心啦，人家当然喜欢小细、小豹他们，爱的却只有阿伊一个哦。"

"好极了！不过我可没有吃醋，跟嫉妒那种可不一样。说是不一样，不过归根结底还是有点像吧……哦？"

似乎看到有人影，我把注意力转回前方。两个穿着警卫服的男人正挥舞着发红光的棒子，好像想让我们停车，仔细一看他们的背后，一道可以称为铁栅的巨大铁门雄赳赳气昂昂地盘踞在那里。

这大山里面还有警卫。

"……"

我踩了刹车，停车后慢慢摇下车窗。两名警卫见状走近菲亚特，用低沉的声音对我说道："前方是私人土地，禁止入内，请您即刻原路返回。"

遣词虽然客气，语调却很粗鲁。不过，这么热的天被要求站岗，想来任谁都会变成这样。抱怨这种细节未免太严苛，批评他们玩忽职守也不是我的工作，再说，他们这种态度是否真算玩忽职守，又是一个微妙的问题。

"不是，那个，呃——我们和斜道博士约好见面。"

"博士？那，那么……请问您就是玖渚阁下吗？"警卫马上变了态度。

但凡知道玖渚是拥有怎样背景的人，一定想不到竟会乘坐这样旧式的平民车前来到访，因此从这点来责怪他也有些苛刻。

"我倒不是玖渚家的人……只是同行者。"

说着，我用大拇指把邻座的玖渚指给他看。而这位玖渚友本人仍在与掌上电脑奋战，一点儿没有转头看向警卫先生的意思。不过，她那头蓝发似乎起到很好的辨识作用，警卫说着"明白了"点点头。

"那么您便是玖渚阁下的友人了。不过，应当另有一位监护人同行……"

"啊啊，她的话……"我用原本对着玖渚的大拇指直接指了指后座，"要叫醒她吗？我倒不反对，不过我没法做任何保证就是。"

"不，还是不劳烦了……"警卫沉默数秒后答道。

嗯，明智的决定，谁都不想去踩威力过剩的地雷。

"那么，烦请您在访客名簿上登记吧。也许有些烦琐，但姑且算是本所的规定。"

"这样……"

玖渚这个德行，铃无小姐又那副模样，看来只能由我应付。我打开车门下车，只见警卫先生从大门附近的像是警卫室（一间活动钢板房，光在外面看着就一身汗）的地方拿了一个夹着A4纸的写字板回来。原以为肯定是要操作电脑输入什么东西，此时见到再原始不过的登记方式，让我不禁有点吃惊。

"以这里的规模来说，使用的系统还真古老呢！"

"是吗？虽然我也这么想，但博士说这样不怕被动手脚。说是'如果用电脑之类统一管理的话，会被外部的不当手段篡改'之类的。不，其实鄙人不甚了解，总之博士认为'写在纸上'是保存资料最安全的方式。"

"这种想法倒不是不能理解，不过还真够小心谨慎……"

说着，我写下玖渚、铃无小姐和自己的名字，然后住址……这……铃无小姐该写哪里呢？比叡山延历寺就行了吗？肯定不可能写"居无定所"，所以只能这样，可总感觉"常居比叡山"和"居无定所"又好像同等可疑。这对比叡山的居民有些失礼的想法，让我着实烦恼了一番，最终决定让铃无小姐变成我的同居人。虽然怎么想象这副光景都不觉得有趣，甚至背脊发凉，不过也是一个想想就开心的愉快谎言。

"您是否携带了危险物品？"另一位警卫询问兀自满心欢喜地对我说，"刀具和烈性药物都是禁止进入的……"

"刀具……剪刀之类的也算吗？"我回答，"剪刀也不行吗？真的很谨慎呢……"

"不，剪刀没关系的。非常抱歉，还请您不要坏了心情，因为研究所从昨天开始加强了警备，我们不得不对玖渚阁下一行人也如此盘问了。"

"提高级别？这又是为何呢？"

"啊啊……"警卫先生看起来有些犹豫，紧接着压低了声音继续说，"有点……情况，是前天的事了，说有外人入侵，引起了骚动呢。"

我随口应了一句"原来有入侵者啊"，还真是不太平。这些研究所说的"外人""入侵者"，多半意味着产业间谍一类。尽管有些脱离现实，好似电影小说里的情节，然而这里正是一个脱离现实社会的地方（毕竟是"山里的研究所"，有点好笑），要说合情也算合情，倒不如说，他们不是因为"玖渚友要来了"才加强警备，该为此松口气才是。

"是的，您看，登记册最上面一行，"那位从我手中接过板子的警卫先生又把板子递给我说，"那浑蛋居然光明正大把名字写在上面，是装作从其他研究所来访问的客人吧，竟然用这么容易穿帮的手段混进来，该说他目中无人，还是厚颜无耻，还是天不怕地不怕呢……"

"所以……那位'入侵者'现在抓到了吗？"

"啊，不，倒还没有……"警卫看起来有点难以启齿，"不过请您放心，他好像已经逃离研究所了，因此不会给玖渚阁下一行造成困扰的。而且我们已经报警，抓到他也只是时间问题吧。"

我又应着"这样吗，那我就放心了"点头称是。入侵者也好间谍也罢，说起来很可怕，但既然已经离开，那就不会和我们的故事有直接关联。管他之后会不会被警察抓到都不关我事。他已经不在

40　第一天（1）正解的终结

这里，这样就足够了。现阶段已经够烦人的，请容我对新人登场敬谢不敏吧。

"您顺着这条路一直往山上开，前面有个很大的停车场，请把车停在那儿，有工作人员到停车场迎接各位，之后就请跟随他们吧。从停车场步行大约五分钟就能到研究所了。"

"我明白了，多谢你的好意。"

我低头致谢，然后不由自主地，真的是不由自主地瞟了一眼写在板子最上端那位"入侵者"的名字。当然"入侵者"不可能留下本名，但我有点好奇他究竟用了什么假名。

我的目光停留在彼处。

"这名字……"

"啊？啊！是的，您看，留的这个名字很搞怪吧？所以才感觉可疑……虽然现在说这个也没用了……"警卫抱怨，"不过，这名字到底怎么念呢？是读'Reisaki Aishiki'吗？"

"不……我想是念作'Zerozaki Itoshiki[1]（零崎爱识）。"

说着我递还登记板，道一声别便返回车内。两位警卫则返身跑向大门，准备开门放行。我再次发动正处于怠速熄火状态的菲亚特。

"嗯？阿伊，出什么事了吗？你看起来心情不太好哦，好像平坦大路变成七十五度下坡。"

"没，顺利拿到过路许可了，没有任何问题。"我面无表情地

---

[1] Reisaki Aishiki是日语的音读，通常遇到不熟悉的汉字组合会习惯性用音读。Zerozaki Itoshiki是音读与训读结合的读法。——译者注

回答，"没什么需要你担心的事。"

发动车子，通过大门，沿着警卫告诉我的路行驶途中，从后座又传来搭话声："刚才那些警卫啊……不知道看见咱们几个心里是怎么想的。"

"您到底醒着还是睡着给个准话啊，铃无小姐。"

"至少现在醒着呢，这不就够了吗？话说躺在这种地方不可能睡得着好吧？比起这个，你怎么看？伊字诀，在旁观者的眼里，我们几个像什么啊？"

"谁知道呢，反正不像鲁邦三世一伙。"我猜不透铃无小姐想说什么，只好随口回应，"您又怎么看？"

"我？虽然只有一瞬间，不过本小姐想起《奥兹国的巫师》[1]啦。"

"《奥兹国的巫师》？"这是个意料之外的答案，我不由得偏了偏头，"那是个什么样的故事来着？呃，我记得主角叫奥兹吧？"

"才不是啦，阿伊，'你记得'什么啦！改改一本正经胡说八道的习惯好不好。"仍然盯着掌上电脑的玖渚插嘴，"如果奥兹是主角的话，整个世界观都要颠覆的，主角是多萝西哦！"

"可是《红发安妮》的主角是安妮吧？《汤姆·索亚历险记》的主角不也是汤姆吗？"

"这些都算不上论据啦。"

---

1 《奥兹国的巫师》即美国作家弗兰克·鲍姆所著的童话《绿野仙踪》。英文版原名 *The Wizard of Oz*，日版译名为直译。——译者注

"那到底是个什么故事啊?"

"嗯,"玖渚先是点了点头,"被龙卷风吹到不可思议的国度奥兹国的小女孩多萝西,跟稻草人、狮子和铁皮人一起旅行的故事。"

"这不是桃太郎吗?"

"所以说是《奥兹国的巫师》。好好听别人说话嘛,阿伊。"

"我在听啊!也就是说那四个人……虽然里面有三个不是人,总之是那四个人一起去打倒奥兹国的巫师对吧?原来如此。"

"没有打倒啦……多萝西是去许愿的,她想拜托巫师把她送回故乡。"

"哼,真是和平的故事,该说是和平还是悠闲呢……总之安稳。"我一边隐约感觉这故事有些不对劲,一边随口回应,"所以多萝西是去许愿的,好吧。那其他三个去干吗的?多萝西给他们吃了团子吗?"

"稻草人他们也有自己的目的,就是想让巫师帮忙实现愿望。比如狮子想要'勇气'之类的,稻草人想要的是'脑子'。就是一个追求着这些东西跋山涉水旅行的故事哦。"

"这群家伙,不知道算自食其力,还是坐享其成……"我又转向后座,"所以您为什么觉得我们像呢?怎么分配角色的啊?"

"谁知道……本小姐就是突然这么想到,现在被你这么一问也有点迷糊啊。嗯,角色分配……角色分配……欸,总之我先拿下稻草人了,因为想要聪明的脑袋。"铃无小姐翻身趴在座位上,撑起脸说。既然要聊天,那坐起来不是更好吗?但铃无小姐似乎有什么别的缘由。"然后,伊字诀,你是铁皮人。"

"铁皮人啊,"我看向玖渚,"小友,铁皮人跟巫师寻求的是什么?"

玖渚看起来没什么特别反应地回答"心"。我再次扭头看铃无小姐,后者满脸坏笑。原来如此,其实她只是想表达这个吗?这次说教真够拐弯抹角——我半是无话可说,半是闷闷不乐地叹了口气。

"啊!不过其实有点那个……"玖渚又开口,"这个故事里的心和脑子是不同的东西,感觉不错呢,感觉挺有幻想风格的。"

"是幻想故事啊?"

"是幻想故事啊!除了幻想故事还能是什么?因为'心'是'大脑'物理活动的结果吧?所以才诞生了人工智能领域。"

玖渚像是在解释人类共识一般说道。不,这对玖渚来说恐怕就是常识。我没什么发言的欲望,只赞同了一句"是啊"。

同时心想,也许可以把这家伙比作追寻故乡的少女。

"……"

这样一来,这样一来胆小的狮子又是谁呢?

3

我把菲亚特停在停车场,拔下车钥匙,查看剩余油量,有点难说。按照上面显示的余量，车子能否坚持到下山都未可知。虽然最坏的情况，也就是跟研究所的人借点汽油，可这里又是否备有汽油呢？停车场内除了美衣子小姐的菲亚特，并没有其他车辆停泊。不知是否因为研究员们另有专用停车场，如果运气不好，回程便得徒步了。我这样想着下了车。

抬头看看天空，好像要变天了。虽然没到乌云密布的程度，但看样子至少明天，甚至今晚就会有一场大雨来临，感觉像在暗示我们一行人的未来，让人有些不快。

"你若想说中明日的天气，只需说'大致同今天一样'就好。"虽然我忘了这是谁的话，原来如此，确是箴言佳句。这样说来，我今天在这家研究所的体验也会跟昨天，以及包含昨天在内的过去一样吗？真是让人不寒而栗的预言。

"那么……"

若照警卫的说法，有人会来接我们。我环顾四周，果然在东边发现一个人影，离得这么远看不清面孔，但从他穿着白大褂来辨认，应该就是前来接待的研究员。此时对方似乎也发现了我们，向着我们走来。

"您好。"

我抬起右手打了个招呼，但对方却毫无反应，只是沉默不语地向着我们走来。

他的体格与我相近，是不高不矮的中等身材，随着距离渐近，能看出他岁数不大。他的长相十分年幼，年纪看似比我小，还不止小一两年，感觉也就十四五岁。但他镜片后面的阴险眼神与他的娃娃脸极不相符，完全背叛了他的少年气质。当然了，世上甚至还存在着怎么看都像是在念初中的十七岁女仆，仅凭外貌判断眼前少年的年纪，自然也不太合适。

他大踏步走来，丝毫没有放慢速度的意思，最终在我正面"咔嗒"一下停住脚步，凑得近在咫尺。用"近在咫尺"形容目前的状况绝非夸张，千真万确地近在眼前，只要再稍稍前倾一点就能接触到我。不仅如此，他那张娃娃脸还凑得离我的脸仅余数厘米空隙。假如对方不是男的，任谁看了现场都会断言，我们二人必定是在接吻。

在我正烦恼该怎么做，维持着现状的当口，他看起来像在嗅闻什么味道似的两三次抽动他的鼻子，然后哼了一声。

"你就是'集团'的玖渚友啊。"

与其说粗鲁，从他的语调里已能感受到几分轻蔑。但他的声音也与容貌相符，听来也很年幼，我虽吃了一惊，却并不觉得讨厌。

"不，我不是，我只是个'跟班'，还是说算'导游'呢……"我后退一步，与他拉开距离再继续说，"按老话讲就是'车夫'吧。"

"啊？什么玩意儿？我可没听说还有这号人。喂，那玖渚友在哪儿？"他就像要挑衅一样皱起眉头凑近我，"哪儿都没有啊。"

"她在车后面。你看，就是她。"我说着指了指刚抱着掌上电脑和一大堆行李从另一边车门里钻出来的蓝发女孩，"那个可爱的小女生就是玖渚友。"

"啊？！啥？！玖渚友是女的？你骗我吧！"

他看起来颇受打击，随即从菲亚特车前绕到另一边，这次凑近玖渚观察去了。对这名新新人类的登场，玖渚疑惑地歪歪头，即便他一边哼哼一边直勾勾地盯着玖渚，甚至还拍拍打打地触碰她的蓝发，她也没有反抗，还是那么不加防备。据说世上有从未挨过父母打的小孩，那按这种说法，玖渚就是即便被父母打了，也察觉不到自己被打的类型。

"看上去聪明不到哪儿去，这不就是个毛头小鬼？喂，你真的是'集团'的玖渚友？"

"真的啊！人家就叫玖渚友，无论谁看都是玖渚友哦。这次是来见小细的哦。"

"啊？小细？那是谁啊……"

他嘴里念着"无趣无趣"，啐了一口，两手插进身上那件过长的白大褂口袋，大步流星地向前走去。虽然他没有明说，意思是要我们跟上吧。

"真的，不就是个小鬼吗……女的就算了，居然还是小鬼。啊——真是的，糟糕，太糟糕了！简直是糟糕得极致！"

"在我看来你也只是个小鬼而已，大垣志人君。"

突然，他……志人君停下脚步，维持着那个姿势僵了三秒，最终转向我们开口问道："你怎么知道我叫什么？"

"嗯？不是，虽然看起来是这样，玖渚她好歹也十九岁了，却被十六岁的你喊小鬼，我有点奇怪而已。女的倒是事实，但至少跟你比起来，玖渚她可不是小鬼啊。"

"我没问这个好吗！'看起来怎么样'关我屁事啊！"志人君"砰"地一跺脚，"我问的是你丫怎么知道我的名字？！还有年龄？！我可没告诉过你！"

"我也不止知道你一个人的名字啊！"我摊开手，摆出一副游刃有余的样子说道，"不论是斜道卿壹郎博士，还是他的秘书宇濑美幸小姐，又或是研究员神足雏善、根尾古新，以及春日井春日，我都大概了解过的。"

"阿伊，你漏了一个人啦。阿伊还是这么健忘呀。"旁边的玖渚说，"研究员除了博士和小细以外一共四个人，所以还有一个哦。"

"啊……你这么一说，好像是啊！对的对的，我糊涂了。"我对着玖渚点点头，"对，还有三好心视女士。这次是真的集齐了，志人君，你还有什么疑问吗？"

"你们什么人啊？到底怎么回事？从哪儿查到这些的？"志人君瞪着我，语气中远不止诧异，似乎下一秒他会不会伸手揪我的领口，要取决于我如何回答他的问题，"在这里这些事可都是机密！你们这样的人怎么会知道？到底怎么查到的？！"

"是啊，怎么查到的呢？这个属于商业机密，所以不能告诉你啊。只是如果玖渚友再被人小瞧，我会很困扰的。这点嘛……"

——就请你多多关照了，大垣志人君——我原想装腔作势作结，谁知此时后脑勺受到强力一击，硬是把我尚未说出口的半句台词给打断了。回头一看，紧握老拳的铃无小姐耸立在我身后，好似一座大山，紧接着我额头上又挨了一记脑蹦儿。由于正中眉心，其实还挺痛的。看来不知何时，铃无小姐也已下了车。

"你干什么呢？真是的，明明不是自己做的，还好意思在这儿炫耀？"铃无小姐果然刚睡醒，口气有些烦躁，"很有意思吗？竟然欺负比自己年纪小的，真是看错你了。"

她手上甚至还没有停，轻轻一拍我的脸颊，半强硬地压着我的脑袋往下按，紧接着转向志人君，说了声"不好意思啊"。

"这小子有个坏习惯，碰到小玖渚的事儿就容易上头。虽然他既有恶意又是蠢蛋，但请你多多包涵啊！你看他也在反省了，本小姐大概今晚就会好好说他一顿，这会儿就先放过他吧。"

挨了揍、吃了弹、受了扇，这还不算，最后还得被说教吗？

"啊……没，没没没……"见铃无小姐硬是按下我的脑袋要我低头认错，志人君半是嫌弃半是不知所措地回应，"这倒是……那啥，我倒没怎么介意……"

"那就好，这下放心了。"说着铃无小姐终于放开了我，"那能不能请你赶快帮我们引路？浑身上下可是疼得不得了啊！哦，我是他俩的监护人，铃无音音，多多关照喽。"

"我叫大垣志人，在这做卿壹郎博士的助手……就多关照你们吧。"

生硬地自我介绍过后，志人君再次迈开步子。我们这才真正跟随他前去。穿过停车场北侧之后，似乎还要走过狭窄的林荫道上山。虽然路看起来不算陡峭,但也绝对称不上平坦,于是我接过了玖渚的行李。

大包小包扛到肩上那一瞬间的冲击,让我的后脑勺霎时一阵电流游走。呃,真不愧是"熄灯铃无"(Black out),下手毫不留情,没准头骨都裂了。话虽如此,刚才那件事的确是我态度不好,我也不打算抱怨什么。

而且正如铃无小姐所说,只不过是玖渚被侮辱几句而已,我没必要那么上火,这我明白。而且按当事人玖渚自己的说法,她丝毫不在意这类事情。就连现在,可能也是两面裹挟林荫道的杉木,更加让平时总是家里蹲的玖渚难得一见,她似乎只是在饶有兴致地观赏景色,一点没有心情不好的样子。可我却在这儿气急败坏,的确是有点喧宾夺主的意思。

"紧要时刻心胸狭窄啊……头疼。"

总之还是反省一下吧。我对玖渚说了一句"抱歉"。而玖渚看来根本不明白我为何道歉,只是嘟囔着"呜咿"做出歪了歪脑袋的动作,就连这反应也仅仅一瞬间,她的注意力马上又回到杉树林上去了。铃无小姐看我这副模样,一脸无奈的表情,不过没有发出叹息,见我似乎发觉了她的目光,又把帽子压得极低,遮住了眼睛。

"喂,你。"

突然,一言不发拉开两米距离走在最前,有如斥候的志人君突然叫了我一声。

"你,过来一下。"

"还是希望你不要用'喂'来喊我……姑且我年纪比你大呢,今年十九。"

"烦死了,那种事怎样都好!年功序列制[1]在这里不顶用。跟年龄没关系,谁最聪明谁就厉害。我的脑子比你这样的好使到不知哪儿去了,你才该用敬语和我说话。"

"……"怎么感觉志人君是那种相当简单的类型,我这么想着走近他,"有什么事?要问什么吗?"

"啊,有个问题……"说着志人君小声问我,"那个又大又黑的是男的女的?"

"……"我微微扭头看了铃无小姐一眼,很快便转回来,和志人君一样小声答道,"姑且设定上是女性哦。"

"是吗?果然是啊!那我就放心了。"志人君看来接受了这项情报,点点头,"好高啊!她身高多少?"

"一米八九,不过她好像十六岁以后就没量过了,可能比这还高。话说身高超过一米八五以后,具体数字好像就无所谓了。要是她能借我十厘米该有多好。"

"好厉害!"志人君坦率地表达佩服,"她是在打排球还是篮球什么的?或者哪国的混血?外国人也没几个有她那么高。"

"她好像是纯正的日本人吧……可能因为血型是A型?"

"哈……也是,她那个模样也没可能看错吧。"

---

[1] 年功序列制是日本企业的传统工资制度。主要内涵为"员工基本工资随本人年龄和企业工龄的增长而逐年增加",具体序列多由企业自行规定。——译者注

志人君将头仰起仿佛叹息一样。

我个人虽然觉得铃无小姐全身上下苗条纤细，长相也并不男性化。不过，那高挑的身材配上漆黑的套装，再深深扣上一顶帽子，乍一看也许确实是雌雄难辨。铃无小姐虽用着相当露骨的女性说话方式，不过如今这世道，什么人用什么说话方式都有可能。虽然没有特指谁的意思，比如语调粗鲁、遣词混乱、威武雄壮的绝世美女，世上也是有的啊！

"那墙后面就是研究所了。"

"欸……"

往他手指的方向望去，林子对面隐约可见一堵粗鄙的水泥墙，与风雅两字毫不沾边，几乎糟蹋了这一片大好山景。它绵延不绝，描出一个圆，大山就像只在这附近缺了一个口子。从我们所在的地点远眺，那墙壁已然异常高大，与其说这里是"集结了一流学者的研究所"，倒让人联想起别的东西。没错，硬说的话。

"好像监狱……"

"监狱？这就错了。你这人真没品位。"志人君带着几分骄傲说道，"那是一座要塞，坚不可摧的要塞啊！也就是说，那玩意儿相当于城墙。"

"城墙啊……"

这难以落脚的山地，倒是算得上易守难攻的地形。但那研究所里，果真存在着不惜做到这一步也要守护之物吗？无论志人君怎么说，我都只能把那堵墙看作牢狱之壁，并非拒绝外人侵入其中，而是要阻止里面的人脱逃一般……

"这模样简直就像'终局结界'……对了，志人君，听警卫说，不知昨天还是前天，好像有人入侵研究所啊？"

"啊，好像是。虽然我不太清楚，我就远远看到一眼背影而已。"志人君脸上浮现出一丝不怀好意的冷笑，"话又说回来，那浑蛋有够蠢的，最后还不是什么都没偷到，连滚带爬跑了。别小看我们这儿的安保措施啊。"

"但是你们被入侵了吧？"

"确实，这我承认。"志人君耸耸肩，哼了一声，"但是往后绝无可能！我们的安保系统就是这样坚固。嗯，我估计那家伙八成也吃了教训，下次不会再来了吧！说到底竟然有人敢赤手空拳溜进来偷东西，我严重怀疑他的神经是不是不正常。"

"赤手空拳？"

嗯，是指"没带武器"？虽然是有点复古的说法，不过既然"入侵者"大摇大摆地从玄关大门进来了，警卫一定是搜过身的，那么必然两手空空。也许就如志人君所说，这人是个无与伦比的笨蛋；或者……与志人君所说的完全相反，此人有着无与伦比的自信。

若非自信，便是明知故犯。

"啊？怎么？"见我突然沉默不语，志人君怀疑地歪了歪脸，"你干吗？很在意那个入侵者吗？难道你认识那个溜进来的浑蛋？"

"怎么可能！再怎么说也不会出现这么机会主义的发展吧。这么诞妄不经的念头你从哪儿冒出来的？"

"我开玩笑的，你干吗那么上火啊，十九岁。"

"真是抱歉了哦，十六岁。"

这实在不像发生在十九岁和十六岁之间的对话。志人君哼了一声，再度回归沉默，没准在思考"诞妄不经"是什么意思。虽然我对这个词其实也一知半解，万一被反问"什么意思？"也只得抓耳挠腮。

不过关于那名入侵者，虽然被志人君骂得一无是处（作为被害者也很正常），但实际上仅仅是成功入侵如此庞大的研究机构，我觉得就很了不起了。假如那位入侵者并不是空手前来，而是——

我的手覆上自己的右胸。准确地说，是在摸索披在T恤外面的薄夹克胸前的口袋。若要说得更加准确一点，我是为了确认里面装着的薄刃的位置，才把手搭上去的。

刚才进门的时候，我并没有对警卫说谎。现在我夹克的左侧口袋里的确装着一把剪刀。顺便一提背包里还有开罐器，玖渚喜欢的熊肉罐头也一并躺在包里。总而言之我没撒谎，毕竟我从来没说过"身上没有带刀"。不过，想必在这种状况下，我是免不了被谤为骗子吧。

这把刀是大约一周前在准备这次旅行时，我认识的某位承包人给我的。听起来好像我在扯谎，但绝对是真的，我也无可奈何。刀插在皮套里，穿戴好，又在外面套上夹克，简单朴素，乍一看根本看不出来。当然这种小伎俩一旦接受身体检查马上就会败露,但我笃定警卫不会对"玖渚友阁下及其同行人"做这样的事。比起去赌二分之一的概率,我更偏向孤注一掷,总之勉强算是赌对了。

"这把短刃,外表虽看不出来,其实锋利得很,所以你尽量别对着人啊!"那位承包人——哀川小姐这样说,"差不多有怪医黑杰克的手术刀那么锋利——你可以尽管拿去雕壁画。"

哀川小姐的一片好意让我很是感激,但这是杯水车薪。先不说入侵者如何,就凭我的实力,即便手里有把刀(以及剪刀和开罐器?)也没多大意义,至少要我光凭这把刀攻下那堵城墙是万万不可能的,就好像用下巴挠不到后背一样。

"真是悲喜交加的戏言……"

这种情况下的"戏言"一词,并非仅凭那把小刀便视死如归冲向城墙的愚见,而是之前对玖渚宣誓"这次我不想帮你",同时内心却又向协助玖渚达成目的一事妥协并充满干劲——这样对我来说正是"戏言"。我这人难道就没一点所谓的独立自主性吗?我都不知道该对自己说什么好了。

"呃,志人君。"

"嗯?干吗?"

"兔吊木……垓辅先生,是个怎样的人啊?"

"兔吊木?"志人君的脸上浮现出非常露骨的厌恶,就像有人突然给他看死掉的猫,"你说兔吊木啊?"

"对,兔吊木垓辅先生。"

"变态！"他呸了一声，向前走了两步，背转向我，准确地说，比起"背转向我"，描述成"把脸撇开"也许更合适，"他就是个变态，那人就是个彻头彻尾究极无敌的变态！不然形容那浑蛋还能用什么词？"

然后他冒冒失失地继续向前走，看起来心情不佳。而我没有继续追问的意思，默默目送他的背影。虽然可以的话，希望能事先再获得一些有关兔吊木的客观情报，嗯，看来还是打消这个念头比较好。至少现在知道了志人君对兔吊木没有好感，姑且也算有收获吧。

"……"

其实我真正想知道的是兔吊木垓辅究竟如何看待玖渚友。

路开始难走了——换句话说，山路开始陡峭起来，我于是停下脚步等着玖渚跟上，然后拉着她的手，慢慢爬上山坡。

"原来如此啊……说是一座浑然天成的要塞倒也切合。不，该说是城寨吗？而且绝对是那种性质特别恶劣的。这让人想起以前了，虽然不愿意回忆。"

"不记住路线的话，感觉回去会迷路呢。阿伊你要小心哦，绝对不可以单独行动哦，因为阿伊的海马体简直就是海绵。呜咿，在这种山里遇难的话，除非是小润，不然都不可能活着出来吧，会被野生动物袭击的啦，所以不可以离开人家身边哦。记住了吗？"

"我会记住的，小的一定不忘！不过，的确，这附近突然冒出个熊啊、野猪什么的也不奇怪……"

"伊字诀，说起来野猪真是从猪进化过去的吗？"

"这怎么可能啊！这么假的消息您听谁说的？"

"浅野啊！她说从养猪场逃出去的猪，野化以后就变成野猪了。顺便一提，浅野说是伊字诀你告诉她的呢。"

"啊——"

"阿伊你这个大骗子——音音，猪是从野猪进化的啦，正好相反。不过与其说进化，其实是人类驯化它们的，就像鲫鱼和金鱼的关系一样，所以猪其实很厉害呢，因为原本是野猪，嗯，一个人和一头猪对打的话，八成猪会赢哦，而且最近好像都有专门训练来对付人的兵器猪了。"

"哼，人为驯化啊……所以猴子也可以驯化成人类了？"

"这个应该不行吧……"

"虽然把人弄成猴子好像倒挺简单……"

"而且音音，猴子和人类是完全不同的两种生物哦，只是拥有共同的祖先，并不是从猴子直接变成人的。要是这样的话生态体系都要被颠覆了。"

"这样啊！哼，和蓝蓝在一起总能学到不少东西，受教受教。对了，伊字诀，那'企鹅其实是候鸟，大概每年九月份会来往南北极，所以从日本往北边天空眺望的话就能看到它们迁徙时的样子'，这也是骗人的吧？"

"我觉得会被这个骗到的人才需要反省哦。"

"喂，你们闭嘴吧，到了。"

听志人君这么说，于是我看向他的方向，我们已经抵达城墙的尽头。由于之前的角度不好，总是很难将其全景尽收眼底，如今离得这样近，墙壁看起来更加粗鄙，还酝酿出一种诡异的氛围。它好像刚建造完成还没几年，看着不脏，倒像是全新的，但又不自然，显得有点恶心。志人君身边矗立着一扇隔离门，它不论从哪个角度看都是钢铁制的，坚固得远超所需。这大概就是内部人员出入口了。

志人君一拍那扇门，随后有点夸张地、无所畏惧地一笑。

"诸位贵客，欢迎来到'堕落三昧'斜道卿壹郎研究所。"

斜道卿壹郎 "堕落三昧"
SHADO KYOICHIRO

第一天（2）——罚与罚

0

生命力犹如蟑螂？
你的意思是拿卷成桶状的报纸就能拍死吗？

1

"堕落三昧"斜道卿壹郎研究所，似乎还拥有"斜道卿壹郎数理逻辑学术置换ALS研究机关"这个啰唆的正式名称——共由八栋建筑组成。

由于这八栋楼被高墙团团围住，挤在绝对称不上宽广的空间中，若从上空俯瞰全景，应当难以摆脱窄小拘束的印象，但实际见到的内部环境却又井井有条，正符合一座研究机构应有的模样。尽管我并没有被这里的风景勾起乡愁，但似乎也让我回忆起一些东西。

我们进入高墙内部以后，已见到一、二、三、四座骰子外形的建筑。我之所以将其喻为骰子,并不是因为它们个个都四四方方。这些建筑无一例外没有窗户,因此一见之下,让人难以判断它们是否具有实际的功能,比起建筑倒更像是前卫艺术品。好像听说游戏公司之类的为了保密,会让开发组在没有窗户的大楼里工作,不知此地是否也是同样道理。这样看来,倒是足够谨慎。想来那位"入侵者"会空手而归也很正常。

志人君大步流星地走在前头,当走近最大的一栋仿佛骰子大将军似的建筑门口时,他叫我们在那等着,从白大褂口袋里取出认证卡,刷过门上的读卡器,之后又在读卡器旁边的数字键盘上输入十位数的密码。我原以为这样一通操作后门就该开了,结果事与愿违。

"请报上您的姓名。"

读卡器上半部好像有一个很不起眼的扬声器,播放出机械感非常强烈的电子合成语音。这是刚经历过正门警备系统那原始运作方式后难以想象的高科技。

"大垣志人,ID是ikwe9f2ma444。"

"声纹、虹膜识别成功,请稍候。"

我们听从电子合成音的指示等了一会儿,厚厚的隔离门就像自动门一样(说得再直白点就是"像魔法一样")横向滑开。志人君哼了一声,踏入门的另一侧,又转头面向我们。

"赶紧进来,很快就关了。"

我顺从地走进门,接着是玖渚,最后是铃无小姐。门后雪白的走廊绵延而去，好像新建的医院。志人君一边走在前面一边担任向导："你们把这里当成第一栋，也就是卿壹郎博士的住处兼综合研究中枢就行。解释起来麻烦，我就不多介绍了。总之，我现在要带你们去跟博士打招呼，你们稍微注意点，别没礼貌。"

态度仍然很差，不过，他对自己的职责还是能忠实履行的，虽然态度很随便。

"博士在四楼等你们。喏，过来坐电梯。"说着志人君按下电梯的呼叫钮，"别东张西望的，烦死了。"

"那真是失礼了。话说志人君——"

"干吗？"

"警备好森严啊！比如入口那个认证，而且这里都没窗户。"

"嗯啊。"志人君应了一声，点点头。

"一流的研究所，有这种设备是理所当然的，毕竟可能会有老鼠躲在里面啊。我姑且提醒一句，你们也不要随便跑出这栋楼，一个人跑出去靠自己可回不来。"

"呃……"

"虽然这忠告有点多余。"

我们乘上电梯，移动到四楼。由于没有窗户，无法得知这栋建筑——一号研究楼有多少层，不过按我的感觉，这大概就是顶层了。来到走廊，志人君指了指一间貌似吸烟室的房门，让我们在那儿等着。

"我去跟博士报告一下，马上就回来叫你们，别太松懈了啊。"

说完他就跑远了。我心想也不知哪个世界的向导会叫客人"请您在这里休息的时候不要太放松"。我们在吸烟室的沙发上坐了下来。玖渚挨着我,铃无小姐则落座对面。只见铃无小姐从上衣的内兜取出香烟,叼在嘴里,用ZIPPO点了火。

"啊啊,终于吸上了。"她一脸恍惚地吞云吐雾,"真是的,浅野那家伙……都怪她啰里吧唆不让我在车里抽烟。"

"毕竟会沾上烟味啊,可以理解嘛。"

"那倒是啦……本小姐还在想,要是这儿也禁烟可怎么办啊……还好还好。话说回来,我还以为内部会更古怪,当然选址和外面那圈墙壁已经很古怪了,但里头还是很正经的嘛,跟大学差不多。"

"毕竟本质上相差无几……不过其实很奢侈啊!这么大的建筑,竟然就博士一个人用。"寄宿在面积只有四叠半[1]的公寓的我可是非常羡慕,"啊,不对……这栋楼好像有三个人用吧?"

"对。"玖渚点头,"志人君、美幸,还有博士,三个人。不过其他的都是一人一栋。"

"这样啊。"我点了下头,我的记性果真一如既往地靠不住,"呃,不过就算这样,也还是很阔气。"

"不止建筑吧。"铃无小姐的右手滴溜溜地转着那根烟,"没想到人也都挺正常的,就是普通人的感觉。本小姐之前还提心吊胆

---

1 四叠半指地板由4.5张榻榻米铺成的正方形房间。1叠约合1.6562平方米。——译者注

呢，现在想想实在多余。"

"普通？"我有点纳闷，"普通……您说志人君吗？我倒不这么觉得……再说，研究所里有十六岁的助手，这本身对一般机构来讲就不普通了。"

"本小姐当初以为更古怪啊！"铃无小姐笑着说，好像真的很可笑似的，"比如平时说话用程序代码啊，突然发疯朝咱们泼毒药啊，白大褂下面啥也没穿啊……之前我以为是这样呢。"

"那您的想象力真够丰富的……"

看来，铃无小姐看待学者、研究员和科学家群体时戴着很厚的有色眼镜。要按她的看法，志人君倒是也能归入比较正常的分类了。虽说先入为主不好，但这先入为主的观念若本身就是严重偏见，便会像此时一样，真实见到后即刻改变之前的偏见。不对，这事也称不上什么经验教训，没什么好总结的。

"对了小友，来聊点认真的吧。你接下来打算怎么办？目前为止好像还挺顺利，不过真说起来，现在顶多是程序刚启动而已吧？总之算是没死机，但你接下来打算怎么敲键盘啊？"

"呜咻，人家倒是想了不少办法啦……"说着玖渚稍稍仰头看向天花板，"是哦。首先去见博士，稍微和他聊聊吧。各种问题先放后面，首先要让博士允许咱们见小细。"

"那家伙是在第七栋来着吧？"

"对。这倒不是盲目乐观，光见面应该没关系，人家姑且也准备了几种王牌(Wild Card)呀。"

64 第一天（2）罚与罚

"王牌啊……"

我鹦鹉学舌地重复她的话，同时从这个词联想起某位承包人的身姿——人类最强的赤红承包人。她整个人可谓自信的结晶，同时也具备足以凌驾于自信之上的东西，既可称为卓越之人，又可唤作超越之人，真正是万能底牌(Wild Card)。虽然她喜欢变装和漫画，又最爱恶作剧，性格让人头痛，但只要和她成为伙伴，就再没有比这更可靠的了。

"小友，这次找哀川小姐帮忙不会更轻松吗？"

"嗯……可是自己的事情要自己做呀！自家的事，老给别人添麻烦不太好哦。"

"我觉得解决这种事就是她的工作吧……"

我们正聊着，志人君真的像他方才宣言的一样，很快就回来了。他催促道"博士好像要见你们"，结果铃无小姐只得把自己还没吸到一半的烟按熄，她看起来有些不舍。而由于我从美衣子小姐那里接下了特别指令，要我"尽量别让铃无接触尼古丁"，因此也就没有拜托志人君等铃无小姐把烟吸完。不过就算我说了，他八成也听不进去。

"这边，快点儿。"

志人君说着踱过宽敞的走廊，停在最里面某间房的门口。手刚搭上门把，他又回头看看我们再次叮嘱："你们给我注意礼节啊！"

"特别是你！"他点名我，"我觉得你这人特别怪，所以你尽量一句话也别说。"

"这么难以启齿的话亏你能说出口啊……我知道的，我又不会碍事，我还分得清是非。"

我耸耸肩回答，偷偷看了一眼玖渚。玖渚既不紧张也不像在逞强，就和平时一样，满脸乐天派的表情，虽然不至于到开心的程度。不过，她似乎对拜访"堕落三昧"卿壹郎无甚兴趣，但这也很正常。玖渚这次期望邂逅的对象另有其人，仅仅是那位身处七号研究楼的兔吊木垓辅而已。

我叹了一口气。

"姿势摆正，那么……"志人君说，"打扰了，博士。"

然后他打开门。

以志人君为首，我们陆续进入房间。原本从走廊的景观预估室内该是病房模样，却完全不是这种装饰，只是中央摆了一张圆桌，很普通的接待室而已。而他——斜道卿壹郎博士，就坐在桌子对面。

今年六十三岁的博士，使我误以为他的外表会更衰老些，他却出人意料地背叛了我的预期。毕竟年纪摆在这里，他确实是满头鹤发，发量却浓密蓬松，完全没有稀疏，皮肤虽称不上光滑水润，但仍然活力四射。在我看来他的外貌别说五十岁，声称只有四十多岁都没有问题。而且最重要的是，他看我们的眼神、表情，丝毫不像一名老者，比起研究员，更让人联想起精明强干的企业家，处事圆滑、老成练达……看着他，这些词从脑海里一个一个往外冒。

斜道卿壹郎——

十分咄咄逼人，又十二分盛气凌人的沉重空气充满整个房间。

"哼哼。"

老人笑了。

"好久不见——七年了吧？该有七年没见了吧，玖渚大小姐。"

嗓音沙哑，但绝不无力，顺流而下，沉着冷静。如果允许我用司空见惯的方式来形容，那是位居人上者的嗓音。

"换发型了啊，这样更像小孩，不错不错，玖渚大小姐，比七年前还像。"

"那还真是多谢啦。"玖渚回应了卿壹郎博士，"多谢称赞，受到如此热情迎接，再满足不过了，博士。"

"哈，你这讽刺我可听出来了。"

"你这样认为吗？倒没有这个意思。"玖渚耸耸肩，"唉，既然博士听着像，可能就是了吧。"

博士身后站着一名身材娇小的女性。她留着齐颈波波头，透过镜片，用公事公办的——更进一步说，冷漠至极的目光注视着我们，一身西装，没有身穿白大褂意味着她应该不是研究员。

这样一来，那她就是斜道卿壹郎博士的秘书——宇濑美幸。

志人君离开我们，走到这位美幸小姐身边，小声对她耳语一番，又转向博士做了同样动作。博士听完志人君的话，点了两三次头，之后再度看向我们。

"那么——呵呵呵，难得时隔七年再会。"博士对玖渚说，

"七年的岁月在我看来不算什么,但对不满二十岁的玖渚大小姐算不上短暂吧。想来你也许攒了不少话要说,但很遗憾我没有多少时间,毕竟事务繁忙啊。"

"攒了不少的话?人家跟博士倒没什么话说,而且说忙大家都忙。博士可能确实是公务缠身,但这边也有许多工作要做啊。"

"是吗是吗?那可是同喜同喜。玖渚大小姐啊,虽然在我的字典里,没有产值的东西可称不上工作。哎呀,不过小孩子嘛,玩儿就是工作了。"

"'玩儿就是工作'对博士来说也一样吧?没有产值更是彼此彼此。博士还在搞机械论那一套吗?如果还在搞,那可辛苦你了,大多是无用和徒劳的。博士是不是过于死抠细节了呢?"

"你不会懂的,玖渚大小姐,你一点都不懂我。"

"确实,深有同感。博士说的没错,人家当然不了解啦。"

玖渚"嗯嗯"地点了两次头。她看起来一点也不奇怪,可正因如此才让我觉得不对劲。我认知中的玖渚不会这样应答别人的,玖渚的回答不可能不奇怪!

"听说你已经舍弃人工智能——或者说舍弃人工生命的可能性了吗,博士?"

"那倒没有,我不会舍弃任何东西,只是好像比我想的简单多了,所以才绕个远路让研究基础更加牢靠。我可不是只造出个有价值的成品就能满足的。"卿壹郎博士扯起嘴角露出一个不露锋芒的笑容,那表情怎么看都不怀好意,"我的工作可不是随便玩玩的,又不是不务正业的艺术家。你不该对一名科学家拼上人生和灵魂的事业多嘴吧，玖渚大小姐？"

"当然没有那个意思，人家怎么会对博士的事业说三道四呢？那简直是无意义到绝望喽。"

玖渚再次耸耸肩。

她刚才的态度，仍然与我所知的玖渚友有所差异。虽然要问具体差在何处我答不上来，但我的心头渐渐涌上某种不安情绪，难以分辨。我自己也知道现在不是胡思乱想的时候，于是摇摇头驱散了想法。这种时候就来想想光小姐好了。光小姐真可爱啊，不知在做什么呢？

"说起来玖渚大小姐啊，"卿壹郎博士换了话题，"尊祖父可还健在？"

"不知。"玖渚答得有些犹豫，"博士真是坏心眼，这问题也太坏心眼了。博士知道的吧？那之后被断绝关系了，应该有联系过博士的。"

"哦，说起来确实是这样。抱歉啊，我也上年纪了嘛，老爱忘事。"博士精神矍铄地笑了，"人们常说不想老去，这话倒是不假。"

"哦，这样啊。那做研究岂不也够呛？"

"不必挂心，还轮不到小鬼头担心我，变坏的只有记性，现在能代替我记事的媒介多到数不清，只要我思考能力还在，总还是能回应贵祖父深重期待的啊，玖渚大小姐。"

话里充斥着讽刺意味，挖苦之意极深。从他的语气判断，博士并不欢迎玖渚到来，而玖渚的应答也半斤八两。听了两人对话，不可能有人还能感受到友好的氛围。

没错，对卿壹郎博士来说，"玖渚友"如何根本无所谓。就连现在，虽然姑且维持着待客礼仪，也不过是表面功夫。就像玖渚眼里，比起斜道卿壹郎，兔吊木垓辅更要紧一样，对卿壹郎博士而言，重要的是玖渚的祖父，或者该说是玖渚背后的家族，而非玖渚本人。

关于玖渚的本家——玖渚机关，几乎不必赘言，毕竟它是日本少数几个财团家族之一。不，用"财阀顶端"来概括似乎更为准确，相关企业、旗下产业，总数直逼两万一千二百家。不，实际上远远超过这个数字，它是综合企业的大靠山。只要普普通通地过日子，便会在浑然不觉间处于它的荫庇之下，玖渚机关，就是这样一个影响力遍布全球，几近妖魔鬼怪的庞然大物。

而它同时也是这家研究所的赞助者。

此处直接用美第奇家族[1]的形象代入玖渚本家想必会很合适，不过总的来说，玖渚本家在资助这类个人研究设施、艺术以及专业技能活动方面从不吝惜钱财——甚至非常主动地慷慨解囊。就算斜道卿壹郎脾气古怪到人称"堕落三昧"，就算他的研究所选在大山里的荒山野岭，可他不仅颇费周章地建了起来，甚至还能继续进行研究工作，一切都是多亏了玖渚本家背后的大力支持。当然，玖渚

---

1 美第奇家族是意大利佛罗伦萨的名门，在文艺复兴期间起到了重大作用。——译者注

机关也不是省油的灯，不可能一时异想天开，为了撑门面，又或者纯粹出于善心就掏出一大笔钱。他们从中操作，让这家研究所的成果能够优先被玖渚机关指定的企业收购——比如操作专利权以及其他各种，形形色色，最终花出去的钱都会以利润的形式返还进账。这样一来也许称呼他们为投资人更加准确，毕竟愿意投钱给"堕落三昧"的投资人，怎么找也找不出几个，玖渚本家可谓是一掷千金，然而，正因如此——

正是因为这样，"玖渚友一行人"现今才得以踏入这座设施的大门。就算再怎么被本家断绝关系，玖渚友也是本家直系血脉，是玖渚家嫡亲的孙女，断不可能坏了礼数。她提出的要求，卿壹郎博士自然是无法回绝的。

所以当下这种局面，就会变成玖渚仗势欺人，拿权力当挡箭牌。这么一想，博士充满挖苦的态度和志人君不耐烦的表情也都可以理解了，蛮横不讲理的人是我们。

"……"

虽然这个结论仅仅只是基于当下的局面而已。

"话说回来，那位青年是何许人也？"

博士的矛头突然转了过来，他不仅露骨地投来疑问的目光，甚至特地伸出手指着我。

"本以为玖渚大小姐肯定是和兄长结伴来访。我一心想着，除了你那哥哥，还有谁能做你的经纪人呢？要是还有别人有这个风流雅兴，那才叫惊天大新闻呢。嗯？你看着面生啊，是哪家的公子？

71

和大小姐一样是工程师？虽然看着不像，难道是'集团'的成员？"

"不是啦，阿伊是朋友。"玖渚毫不在意地答，"小直是世界第三大忙人，哪有空跑到这种地方来啊。虽然被拜托过，要帮他和博士打个招呼，还说'舍妹如有冒犯，鄙人会负起一切责任，请您务必见谅'。"

"这真是，真是……哈哈哈。"这是见面之后博士第一次因为有趣而笑，"看来他也还是老样子。玖渚直，依然如故，一点儿没变吗……哈哈，许久不曾这样愉快了，当真是许久了，玖渚大小姐。"

此刻老人欣喜得像个孩子，紧接着却话锋一转："那么接下来进入正题吧，双方也都该到极限了，为此——"

博士再次看向我，那目光里的威严让我不禁一阵畏缩，却没有表现在脸上。我自觉是成功掩饰住了，可我这小小的成功对博士那边来说似乎没有意义，博士继续说道："能否请你这位朋友暂且离席呢？毕竟是比较重要的事。"

"您是在说我吗？"

"难道听着不像吗？年轻人。"老人咯咯笑了两声，"眼神不错啊，年轻人，眼神很不错，和我们志人不分伯仲吧，你这眼神真的不错。"

他这话让他身后与美幸小姐并排站着的志人君一瞬面露诧异。志人君似乎瞪了我一眼，但也只是短短一时，很快就恢复原本的表情，不再看我。

"我只是想聊点专业话题而已,这个要求不算出格吧?好了,现在能请你离席吗?"

"这……可是……"

"博士说得没错,伊字诀。"

铃无小姐站在背后拍了拍我的肩膀。我回过头,发现她并没有看我,那锐利的目光直直投向博士。虽然笑得很是开心,简直像在享受当下状况一样,但我知道这是她的假笑,常反其道而行之,拿来当扑克脸用,叫人看不出她的意图。真正开心的时候,铃无小姐是不会笑的。

"因为伊字诀还小,而且伊字诀是外人,再加上伊字诀是外行——所以掺和到大人们难懂的话题里可不行。您是这个意思吧?博士。"

"的确如此。"博士看起来对铃无小姐怀有戒心,"不过你是谁啊?"

"我叫铃无音音,'没有铃铛'的铃无,声音的音,是他俩的监护人。"

说着,铃无小姐一推玫渚的背,半强迫地让她坐在椅子上,自己落座在旁。不,拿"落座"这么恭敬的词语形容她此时的坐姿未免太不准确,使用"用力坐下"甚至"拳打脚踢"那张椅子的描述来形容她那豪放的坐姿,也才有半分相合。

然后她对博士露出无所畏惧的笑容。

"既然本小姐是监护人,谈话当然要在场。没问题吧,博士？"她咧起嘴角，表情中的恶意又加深了几分，"怎么会有问题呢？本小姐诚惶诚恐地向您保证，哦不不不，或者该说让本小姐在场只有好处。小玖渚和伊字诀都还是孩子，跟博士您这样的大人物谈话之时，没有监护者也不太合适吧？所以本小姐在场就很有必要。像您这样学富五车的人，像您这样声名远扬的人，更重要的是您还是玖渚友的友人，这点小事，无须旁人多言，势必早已在您深思熟虑之中，所以您不会拒绝在下同席的。"

"……"

不愧是"暴力音音"，做坏人、唱白脸，无人敢出其右，配上她的大高个儿，正是绝无仅有，天下第一的大反派，仅外表气势便输人一筹的我着实学不来。

而对此博士愉快地笑了。

"哈哈哈……确实如此，铃无小姐。"他连连点头，"确实如你所说，你说得对……说得很对。嗯，我不介意，你就留下吧，随你想待多久都行。不过要请那个年轻人自己找地方消磨一个小时了。"

"是哦。这样可以吧？"铃无小姐对我使了个眼色，"可以吧？伊字诀。"

"谨遵您的吩咐，况且我也猜到会是这样。"我摊开双手以示了解，然后嘱咐玖渚，"小友，我就在刚才那间吸烟室。"

"嗯。"玖渚转向我，天真无邪地一笑，"知道啦，阿伊，马上就过去，你好好等着，不要迷路哦。"

她的话语，她的笑颜，让我安下心来。

嗯，这是我认识的玖渚友。

"好嘞。那志人君，咱们就去外面等着吧。"

"行，知道了，那我带你四处转转……个鬼啊！"志人君怒吼着，"不要若无其事像朋友似的约我！"

"开玩笑啦。"我说着，把一切交给铃无小姐，离开了那间接待室。

2

现在是哲学探讨时间。

那么，人类所谓的"心"究竟是什么东西？比如，忘了是弗洛伊德还是谁，曾经把心分成意识和潜意识两类，但真的有必要如此区分吗？就算心灵不存在潜意识，或是心灵甚至没有所谓的"意识"，人类的所有思考都只存于潜意识领域，可这一切对我又有什么影响？

玖渚曾说"心"是大脑物理活动的结果，这大概是对的。我还没有轻视现代生理学到全盘否定的程度，但同时，我也不是不能理解反对者的驳论——"若把'心'看作对大脑唯命是从的棋子，说它不过是由神经元和突触产生的电子信号，那人类与机器还有什么差别"——甚至，情感上更偏向他们。然而，即便真是如此，状况也未曾改变，我仍旧不会停止疑问——"就算把机器与人类同等看待，这又与我何干？"

如今已经可以用完备的逻辑和井然的理论解释一切人类活动与人类行为，甚至能完美复制它们，又有什么不好？将这种状况视为"恶"的判定标准是什么呢？国际象棋手就非得是人类吗？汉诺塔问题就算是由机械解开，也不会给谁造成什么困扰，而且甚至该对搜集无机物用以表现有机物之结晶的行为予以褒奖而非谴责。可能有人会说这样做是渎神、是叛逆，创造生命的行为难道只是属于神的特权？毫无道理可言。说到底，把野猪驯化成家猪的行为，与人工复制或仿制生命的行为，二者之间又有多少差别呢？

若从伦理的观点来看，就连发明汽车都是多此一举，不是吗？

总而言之，时至今日"程序和软件可以再现人心"似乎已是社会公认的常识，不，甚至可以说这是一套构建得相当完备、临近收尾的理论体系。据说外表与人类几乎没有区别的人工生命，换成比较过时的说法就是"电脑机器人"，也早就进入投产前的倒计时了。当今社会，只要在成本问题上达成一致，便没有科学做不到的事。

我认为就是如此。

比如我现在正不停转着冗余念头的脑髓中，也不过就是零与一在滴溜打转进行布尔运算。只要花点时间，想要将其转换为程序语言或机器语言以文本形式再现是完全能做到的。至于这种行为的善恶，是否空虚或无聊，并不是我此刻想探讨的主题。

我疑惑的是，明明都可以按上述方法用文章表达出来，我又为何如此烦恼不已。文章不是最直白的表现方式吗？神明只需从他的天空之城远远一瞥，我的想法就不过是一目了然的戏言，绝非罗曼蒂克的想象，绝非不切实际的幻想，只是确凿事实而已。然而，我之所以明明知道，却仍在做一些莫名其妙、毫无意义、游手好闲、自相矛盾的事，比起归咎于神造人时犯下的失误，不如说是构成我们的程序是胡乱拼凑的函数吧？难道不是因为从最初的最初便构建失败，在我的脑髓里刻入了本体就不该存在的语法吗？

若是如此——

模拟（复制）这样的程序又有什么意义？每日批量生产丑陋心灵的脑髓（文本）究竟有什么意义？制造不断误会，总是犯下过失的人类（软件），仿制这种花上两千年、四千年、六千年，到头来毫无进化的生物个体（设备），到底有什么意义？

即便成功制造出那样的东西，想来也不过是望着镜中的自己。就像窥视镜中、窥视水面，不过就是种毫无益处的行为，根本无须冥思苦想即可断言，那实在是，非常……非常地……

"呃……非常地……非常什么？"

我试着思考了一会儿，可怎么也想不出下文，于是又继续思考了一分钟，妙语却执意不肯出现，看来戏言玩家今天到此为止了。我心下叹息，放弃思索，把浑身的重量压在沙发靠背上，仰头看向天花板。

"嗯……强迫自己思考一些比较严肃的问题果然很累。"

难得大老远跑到这种研究所来,我临时起意决定在此类领域(人工智能、人工生命之类)中认真探究一番,事实证明,人果然不该做不习惯的事,再想下去也不会得出什么正经结论。我通过刚才的实践得到教训,思考实验若不预设结论,想法会很难概括。归纳法哪有那么简单啊!

吸烟室。

自我被赶出接待室已经过了三十分钟,别说铃无小姐和玖渚,就连卿壹郎博士、志人君和美幸小姐都没有半点要出来的迹象。看这情况大概还得等一会儿。

"被排除在外吗……"我自言自语。

嗯,就是这样的吧,我对此没什么想法,毕竟我自身也没有参与其中的意愿。既然已经习惯被排挤,而且客观地说,把玖渚交给铃无小姐也确实安全得多,至少,比起让我这种危险人物待在身旁,明显才是上策。

这我明白。

明白是明白的。

我看向面前茶几上的烟灰缸,里面只有铃无小姐刚才按灭的烟屁股,好像是个焦油含量很高的牌子。抽这种烟的女性,我认识的人里就只有铃无小姐了。哎,不过她的肺叶似乎很强健,还用不着我担心,至少她不会死于肺癌。

"说起来铃无小姐不会喝酒啊……"

会抽烟却不会喝酒,这倒少见。话虽如此,仔细一想二者似乎毫无关联。一边是呼吸器官，一边是肝脏，完全不属于一个系统，不该相提并论。可是，铃无小姐的好朋友美衣子小姐尽管喝起酒来像个无底的缸，却完全无法忍受香烟的气味。这样的极端对立，总让人觉得其中存在某种因果关系。不，逻辑还是有点怪吧。

"好无聊啊……要不一边模仿宫本武藏[1]，一边跳机械舞好了……"

在我念出这段自己都莫名其妙的独白时，突然听到某处有机器运转的声音，声音越来越响，似乎正在渐渐逼近，听着像以前玩过的迷你四驱或遥控车那种廉价的马达声。那么，这究竟是——

我正打算站起来找出声音的源头，屁股还悬在半空，声源便和我的右脚撞个正着。那是一个大概有我四分之一身高的铁块，说得更准确些，那是一个铁柱，底部装着车轮和类似拖布的东西。我的屁股仍然悬在半空，只见它执拗地冲撞着我右侧的小腿肚，一下又一下。

"……"

这是什么东西啊？

虽然以我脑内机柜中保管的词语无法形容这种稀罕物，不过从它运转时发出如漫画拟声词一样的嗡嗡声，倒可以判断是某种机械，但仍然无法确定它的目的。

总之先试着压住它，这谜一样的家伙马上就停止了动作，接着

---

[1] 日本舞蹈中有以历史人物为主题的男舞，宫本武藏是经常表演的曲目。——译者注

我无意间把它调了个头，松开手后，这东西便一边嗡嗡作响，一边朝着那个方向跑了。

"什么玩意儿？"

"那是扫地机器人哦。"

我正惊奇地目送谜之物体X远去，这次却从反方向传来人类的声音。回头一看，两位穿着与志人君以及博士同款白大褂的人，站在距离我大约五米的走廊一侧。

其中一人头发生得异样，已经垂到腰间，而且并不柔顺光亮，简直像童话书里的妖怪，又脏又乱，恐怕他从不打理，就差举个牌子写明"此人从未用过护发素"。尽管他的面部表情藏在可怕的长发底下几乎无法辨识，但缝隙中能窥见嘴边生着浓密的胡须，由此可以判断，他是一位男性。

另一人的发型则很清爽，与他的同伴形成鲜明对比，但清爽的只有头发，他体态臃肿肥满，满身的肉挤在白大褂里勒得紧巴巴，实在不是健康的体型。话虽如此，他这仪表倒也不算不忍直视，怎么说呢，反而挺整洁的，像是外国黑白电影里出场的那种贵族老爷。

虽然不是美衣子小姐和铃无小姐，但这二位也是两个极端。我正想着，见他们走近，便开口询问对方有什么事。

"呃……请问您刚才说什么？"

"不不不，没事。"那位胖哥夸张地摆了摆手，"只是你刚才很稀奇似的盯着它看，我就告诉你一声，那是扫地机器人，也就是业务版的女仆机器人啦，哈哈，不对不对，我刚才不该笑吧？虽然那东西只是大垣君做着玩的。"

原来是志人君做的，那还真厉害。我想着，再次回头看了一眼，但早已不见物体X的踪影，它似乎拐弯去了别的走廊。

"它的设计好像是通过雷达波探测垃圾和污垢的位置，然后自动前往那个方向……你看，为什么所里的资金捉襟见肘啊？就是因为有人没完没了地花钱啦。"说到这里胖哥讥讽地瞟了一眼长发男，"雇不起清洁工啊，大垣君烦恼之下才做了它，嗯，其实还挺管用……嗯，当今的社会里，像他这样的孩子不是很值得夸奖吗？只不过那机器分不清人类和垃圾，算是美中不足吧。"

"这不是根本没用吗？"

刚才撞过来原来是因为这个，我竟然被当成垃圾对待……

"本来就没必要特意区分人类和垃圾吧？"长发男用极低沉、阴郁的声线嘀咕道，"根本用不着区分，反正都差不多。"

如果他的语气中带有一点胖哥的那种讽刺，我倒还有对应的方法，可这位的语气竟是平淡如水，让我不知怎么接话了，要是随口赞同一句"是的，您说得好"，不就承认自己是垃圾、污垢了吗？

"哈哈哈哈，你老兄说话还是那么过分。"胖哥豁达地笑着，随即揶揄起长发男来，"你看看，他都被你吓着了。要是惹他不高兴，咱可吃不了兜着走喽？"

然后他看向我。

"毕竟这位，可是大名鼎鼎的玖渚家那孙女儿的男朋友。男朋友哦？甜甜蜜蜜的哦？收拾咱们这种底层小职员，那还不是一句话的事儿啊。"

"呃……"

"哦，失礼了失礼了，忘了自我介绍。"胖哥咧起嘴角笑得开怀，又把手摆在胸前，半开玩笑地弯下腰，身体对折成两半，"鄙人在此地供职，暂任五栋之长，名唤根尾古新。"

"啊……"

我含糊地点点头，心想"若这位胖哥便是根尾先生，那么……"同时看向长发男。而他似乎也察觉到我的目光（他的眼睛被头发遮住暂且无法看到，但他似乎能看见我）——

"神足雏善。"

于是简短地回答。

"请多指教，男朋友。"

"啊……"我又含糊地点点头。

神足，这个姓氏在京都很普通，在全国范围内却因过于少见反而出名。也许这位神足先生来自京都。

"您好，呃，还请二位多多关照了。"

由于这二人组反差过大，同时又各有古怪，极富冲击力，让我一时难以判断自己该用什么样的情绪应对。想跟上根尾先生的节奏就不得不兴高采烈起来，可这样又难以配合另一位。虽然现在被夹在"快活人"和"低气压"中间，不过我逐渐觉得好像也不需要为此烦恼，没必要勉强自己陪着他们，于是我留下一句"那么告辞"，就打算回吸烟室。

"喂喂喂喂喂，别这么冷淡嘛，不要说这么无情的话呀，好伤心的。"说着胖哥……不对（仔细一想这称呼可能不太礼貌），根尾先生追上来，不由分说一屁股坐在我面前的沙发上，"你现在很无聊对不对？那咱们聊聊天吧，名人。"

"我还好啊，不无聊……"

"脑髓、人工智能、心之类的，嘴里叨叨咕咕这些怪词的家伙不无聊才怪。"神足先生静静地说，挨着根尾先生坐下，"再加上你还打算一边模仿宫本武藏一边跳机械舞，我是不觉得这样的人有事可做。"

"……"

呃，看来我烦人的自言自语被他们听见了，这两人似乎很早就在观察我。一旦埋头思考便不会注意周遭，这是我的坏习惯。就算没有他们，这里可是敌方腹地（这么形容大概没问题吧？），麻痹大意可谓是愚行，能在这种地方粗心大意的也就只有那位赤红的承包人了，我决定对此稍稍反省一下。

话说回来，偏偏叫我"名人"？事先虽然多少有些心理准备，就像我们借助"小豹"的力量调查他们一样，对方似乎也已摸清我们的底细。就像刚才卿壹郎博士的反应，仿佛真的不认识我和铃无小姐，甚至说出"本以为来的是直先生"那种话，想来这些都是演技了。

这样一来，志人君不认识我和铃无小姐，也是让这场戏更逼真的伏笔吗？所谓欺敌先瞒己，哼，原来如此，真不愧是"堕落三昧"，想不到还有两把刷子，老练得很嘛。我望了眼接待室，心中稍稍佩服起那位老人。想骗过同伴——其实还挺难的吧？

"所以，二位有什么话要和我说吗？"

"哎呀，当面被这么一问还有点不好办啊，是吧？神足兄。"

"……"

神足先生以完全的沉默作答。

"哟，连你也这么冷淡，小弟我真是孤单寂寞啊！"然而根尾先生一点没有退缩的样子，嘴角浮起游刃有余的笑容，他再次看向我，"那就，是啊，我想想啊，干脆听我说说如何？"

"您要说什么呢？"

"你想听什么？"根尾先生坏笑着，肥嘟嘟的颊肉随之摇晃，"想听什么，我就说什么，前提是你想听的。"

"……"

"嗯？什么？怎么啦？你这是在提防我？提防我吗？不会吧？"

"我才没有提防您呢，"我平静地回答，"也没必要，我只是从来不轻信话多的男性而已。毕竟，脸上笑开花，却在心里嘲讽别人的人总是不知在盘算什么，我很不会应付那样的人。"

"好严格呢。"他"啪"的一声拍了拍自己的额头，一举一动都那么夸张，甚至可以说他这个人太爱演，"不过可不可信咱先不提，你应该有事想问吧？比如，关于兔吊木先生……"

"……"

"嗯？怎么啦？你确实想知道吧？有关兔吊木垓辅。"

兔吊木垓辅。

我本打算不做反应，可听到这个名字时，肩膀还是不由自主地微颤。而这对根尾先生来说似乎足以成为肯定的信号，他小题大做地一拍手："好嘞！我知道啦。"

"对嘛对嘛，毕竟你们是为了见兔吊木先生才来的嘛，那自然想知道他的事了，自然自然太自然啦。哎呀，兔吊木先生，那可真是个了不得的人才。不，人才还不够，那是个大英才。他那个人——"

"是变态。"

根尾先生就这么被神足先生的结论打断了。我看了看神足先生，虽然看了也没用，表情还是被头发遮住什么也看不见，但他整个人的感觉和刚才几乎没区别，也就是说，仍然是一副既不带责备也不像嘲讽的态度，只是理所当然一样。

"那就是个变态，绝对没错！"

"这样啊。"

我只能点点头。

说起来志人君好像也是这么异口同声地评价兔吊木啊。不过，竟把生活在同一屋檐下的同事唤作"变态"，实在有些欠妥。虽然这里原本就是不同寻常的蛮荒之地，毕竟就连所长都名唤"堕落三昧"。正因如此，即便是这样的地方，那位兔吊木·"害恶细菌"·垓辅竟然都受到了如此对待，他到底是个什么样的人啊？

我的想象力渐渐不够用了。

"说他变态也太过分了吧？神足兄，再怎么说'变态'也太过分了，说话要注意用词嘛。"根尾先生砰砰砰地拍着毫无反应的同事的肩，"虽然他确实有点古怪，毕竟来到这里以后，他一步都没离开过七栋啊，我真是甘拜下风。哎，虽然他好像也不是博士那种研究狂——"

"您是说……足不出户？"

没搞错吗？其实是"锒铛入狱"吧？我差点反唇相讥，最后还是憋住了。此时此刻驳倒根尾先生毫无意义，况且我也不觉得这样就能驳倒他。说白了，我最讨厌的就是他这种唠唠叨叨，一举一动都像在演戏的丑角式人物，见到都要躲着走。比起和他打交道，我更愿意去应付某个"暗突"。

"对了对了，说起兔吊木先生，有个好玩的小插曲。"根尾先生又十分刻意地"砰"的一声一捶手掌，仿佛刚刚才想起来有这么回事似的，"那大概是半年前了，有两头野猪——"

"您是打算说什么，根尾先生？"

但他的话又被中途打断了，这次不是神足先生干的。我看向声音传来的方向，志人君脸色阴沉地站在那里，一副从高处俯视我们的神情。他的背后还有铃无小姐的身影。虽然因为身材娇小第一时间没能看到，但玖渚肯定也跟在她的后面。

"哟，大垣君。"

根尾先生一边满脸坏笑，一边刻意像敬礼一样举起手打了招呼。

"你工作辛苦啦。"

"您工作倒一点也不辛苦嘛,根尾先生。"志人君语气稍强,听起来像发火,"您这是在聊什么呢?您刚才,打算告诉这家伙什么?"

我的待遇就是"这家伙"。

"没有呀,没啥大不了的,根本不值一提,我可什么都没说,毕竟我这个人不爱说话啊,只是和他打个招呼,小小问候而已嘛。对吧,神足兄?我说得没错吧?"

"不关我事。"

神足先生简短又冷淡地回答,之后便起身离席。他从志人君身边经过,向着走廊深处那间博士的接待室走去。

"喂喂,我真的很头疼啊,这叫我怎么办嘛,真是的,你,你倒是等等我啊。"继神足先生之后,根尾先生也从沙发上抬起他的巨体,"唉……性子真急。哦,那么这位少年,今天就到这儿吧,我经常在所里徘徊,没准下次还有机会碰上呢,到时候咱们再聊,下次就聊久一点哦。"

然后他向铃无小姐和玖渚两人行了一礼,故意无视志人君。

"哎呀,真是两位美丽的小姐,还请二位慢慢参观我们'堕落三昧'斜道卿壹郎研究所啊。"

他的头低得好似要碰到地板,然后起身厚脸皮地呵呵一笑,再次转向我道一声"那么,下次见啦",便追着神足先生离去。

"伊字诀,那人怎么回事?"铃无小姐似乎打从心底里感到不可思议,"'美丽的小姐'这种称呼,本小姐上次听到已经是很久以前了呢。"

"人家也是,"玖渚也无话可说地望着根尾先生的背影,"那人到底是谁呀,阿伊?"

"是根尾古新先生啦……前面那个头发像本体一样的人就是神足先生——神足雏善。"

不过他刚刚说什么"那么,下次见"?这是以还有见面机会为前提的说法。虽说他看起来像是一个遭遇率挺高的人,可这样的话,我也算是一不留神给自己埋了不必要的伏笔。

"哼。"志人君恨恨地叹了口气,"真是的,一帮糊涂蛋……竟然找这种家伙聊天,竟然在这种家伙面前胡言乱语,身为本所的研究员,不知道除了愚蠢还能怎么评价。"

哎呀,我好像被某人说得很过分啊?

我暂且无视仍然嘟嘟囔囔故意抱怨给我们听的志人君,向他身后的铃无小姐询问现状。嗯,看来我被根尾先生的夸张做派传染了。不知铃无小姐是否也未能幸免,她也夸张地摊开双臂,好像我马上要扑进她怀里似的回答"形势乐观"。

"算是慢工出细活吧,别的不说,对方同意咱们见兔吊木垓辅了。"

"就是这样啦,阿伊。"玖渚晃了晃她的蓝发,"接下来正要让小志带路呢。"

"不许叫我小志!"志人君停止自言自语猛地回头,"你脸皮有点厚啊！你和博士熟不熟我不管，别搞得跟我很熟一样！"

"不过想想你就是小志啊。"我煞有介事地点头，"十九岁的人喊十六岁的人有义务在前面加'小'的嘛。"

"有你个鬼啊！你们合起伙来逗我呢吧？逗我呢吧，你们几个！啊——"志人君对我怒吼，"给我适可而止！还是说你们拐着弯看不起我？！"

"那倒没有，不过这算约定俗成吧……我也不是不能理解小志你的心情，但我一个人说了不算啊。"

"你要是真那么讨厌这个称呼的话，可以给你换成'嘀哩嘀哩小志弟'哦。"

"不准换！你们要再这样，我可真生气了啊！"

"好的，小志。"

"明白啦，小志。"

话音刚落，我和玖渚就一起吃了铃无小姐的铁拳。

3

我没想到的是离开时——也就是为了走出这栋建筑通过楼下大门的时候，竟然也要按照刷卡、密码、声纹、虹膜的顺序做全套检查。别说进门，就连出门也得经过这样严格的程序，这真是三番五次又添屡屡，坐实的固若金汤。进来的时候志人君曾要求我们"别擅自出门",现在看来,这原本就办不到的。

"七栋走这边。"志人君走在前面,态度仍然不耐烦,"真是的——为什么非得让我当这群人的向导……怎么都不该轮到我啊。"

稍微拉开一点距离跟在他身后的是玖渚友和我。至于铃无小姐,说着"麻烦让我参观下这栋楼吧,侦查,侦查",现在还在一栋里面瞎晃。她就是属于好奇心强的那种人,大概觉得抓到个参观的好机会吧。如今那位秘书正在给她引路。美幸小姐虽然挺漂亮,不过毕竟走的不是少女路线,嗯,应该不至于出大事。

"话说,小友,"我问身边的玖渚,"你到底跟卿壹郎博士聊了什么啊?结束得挺早嘛。虽然这么说感觉又要被你骂悲观、消极之类的,我还以为博士肯定会对你发老半天牢骚呢。"

"是哦。嗯,没错,虽然姑且在人家的意料之中,可是料中这个太让人不舒服啦。"玖渚一边揉着自己刚被铃无小姐揍过的后脑勺,一边回答,"大概很有自信吧。"

"自信?"

"嗯,对小细的自信。他就是那种人……博士真的越来越钻牛角尖了。虽然是发生过很多事,说怪也不能怪他。科研人——不对,那算是学者的天性吧。比起天性,都可以说是原罪啦。"

玖渚略有遗憾地说,一脸仿佛目睹重要事物渐渐消逝的神情。我不知道该对这样的玖渚说些什么,只好尴尬地别开目光转移话题。

"这深山老林怎么通电的啊？电线能牵进来吗？还有自来水、天然气之类的，虽然好像有电话线。"

"谁知道呢！有吗，小志？"

玖渚向志人君搭话。后者看来已经放弃了对昵称的反抗，虽然一脸不满，不过什么都没说，只是"哈"地一笑，满脸"这问题有够无聊"的表情。

"那都是靠这个。"他的手抚上身侧的建筑物，"80%靠自己发电。因为做研究、做实验都很耗电，姑且线是牵进来了，但不够只能自己补。"

"是吗？那，这栋楼——"

"六栋。"

"所以六栋其实是发电厂吗？我还以为也是研究楼，原来这样……"我抬起头，它看起来似乎跟我们刚刚访问过的一栋，以及其他建筑别无二致，同样没有窗户之类的，但是，"里面该不会塞着反应堆吧？"

"怎么可能搞那么危险的东西，你傻吗？"志人君一句话打消了我的担心，"是氢能发电啊，氢能发电。"

"氢能发电是什么呢？"

"用氢气发电啊！一听不就知道了。"

这解释敷衍得要命，但志人君看来毫无详细说明的意愿，又回过身去了。我们在内部正进行"氢能发电"的建筑物和杉树林之间的空地上缓缓前行。看来兔吊木所在的七栋就在这六栋的对面。鉴于编号最大，七栋应该是最新的吧。

"不过这些楼离得好近啊……"我一边回想园区内楼房的配置平面图，一边自言自语，"要是发生地震或者火灾不是很危险？"

"呜咿……"玖渚煞有介事地来回看了看一栋和六栋，点点头，"是呢，不过人家觉得是地质结构的问题，毕竟是山嘛，有建筑法那些限制，很多事的。这些都是和小直现学现卖的啦。不过至少比东京宽松多了吧？"

"嗯，说的也是。不过我记得你不仅没去过，也没见过东京什么样啊？"

"阿伊也没有吧？"

"但我去过休斯敦哦。"

"没什么好得意呢。"

说得没错。

我不由自主地抬头望了望天，乌云看起来比刚才更厚了。如今分明还是傍晚，阳光却一束都照不进来，四周甚至有如暗夜般漆黑，黑压压的云压住了天空，这副景象说是令人毛骨悚然都不为过。

此时——

砰的一声，玖渚撞上我的后背。

"啊，对不起，阿伊。"

"不用，又没什么关系。"我退到一边，给玖渚让路，"我刚才发了下呆，在看天呢。"

"嗯？啊，是哦，天气很坏呢，感觉要下雨了。哎，小志？"

"干吗？"明明是疑问句，志人君的语尾却无精打采，"你刚才不会是叫我了吧？"

"嗯。这里海拔大概有多高呀？好像还不至于直插云霄就是了。"

"鬼知道！"志人君好像在叹气，明明这么年轻，那声叹息听起来真是饱经沧桑，"我怎么可能知道啊！"

"明明是自己住的地方……"

"那你就知道自己住处海拔多高了？"

"呜咿……"玖渚抱起手臂陷入沉思。志人君又叹了一口气，慢吞吞地往前走。嗯，看来他也理解到玖渚的无药可救了。面对她，再着急上火，最后也只会累到自己。

"怎么啦，阿伊？快走吧。"

"啊，是啊。"

我点点头，若无其事地回头偷瞄一眼，随即去追玖渚。背后只有杉木林，没有半个人影。

"……"

我当然不是因为仰望苍穹才跟玖渚撞在一起，我并非那种凝视雨云又沉醉其中的风雅之人，就算看到乌云密布的天空，我也只会想"啊，是阴天，这云实在很厚"，并不会有更多发散。我之所以突然停在原地，是因为感觉背后有一丝危险的气息。如果哪位觉得"危险的气息"这个说法太过含糊，那我可以重新描述一下。

背后似乎有一道目光。

虽然不知道是不是"目光",总之,我确实有一种被"注视"、被"盯梢"的感觉。当然,从刚才在一栋里没能发觉神足先生和根尾先生接近就可以看出,我对反侦查跟踪什么的其实不算敏感。尽管没那么敏感,但也不算无感,只要有所察觉,我还是能够肯定的。

但到底是谁呢?脑中最先浮现的就是卿壹郎博士以及他手下一众研究员(比如刚提到的神足和根尾两位先生),或者博士的秘书美幸小姐,不过应该不会是她。我眼前已经有位出色的看守名唤志人,理应无须派出第二个人来监视。

"小友……你最近做过什么坏事吗?"

"没有啊,最近完全没有。"玖渚满脸问号地回答,"什么意思?为什么这么问?做过坏事的话,人家会被阿伊惩罚吗?好兴奋哦。"

"没,你没做过就好。"

玖渚这段时间都缩在城咲的自宅中,一个劲埋头于某项可疑的工作,确实没有做坏事的迹象。虽然"可疑的工作"本身就很有问题,但我不认为会有人为此追着她跑到深山老林里来。

也许是什么动物吧——我试着将观点移向比较现实的路线。虽说转移地有点勉强,但也算是目前唯一合理的解答。这里高墙林立,想来只会是鸟类,所以我已经变得能感知到鸟儿的目光了吗?虽然是项高端技艺,总感觉这已经超出了人类范畴。

"真是别无二价的戏言……"

身怀这种绝技的家伙,世上只有赤红承包人一个就足够了。

我们跟随志人君的引导从六栋旁边穿过，在拐角处瞥见七栋的身姿。照旧是没有窗户的骰形建筑物，和其他大楼设计相同，整体尺寸大约比六栋发电厂小一圈，站在我们的位置观看，高度似乎没什么区别。

"嗯……"

那人就在里面——那个负责"Team"中一切破坏活动的"害恶细菌"兔吊木垓辅。

此时玖渚不知为何牵起我的手。我看了看，她似乎和我一样，正若有所思地抬头望着建筑。虽然不知道她为何要握我的手，总而言之，我也捏了捏她的手以作回应。

"怎么一脸伤感啊，你们？"志人君诧异地问，"真是的，不是你们说要见兔吊木先生吗？赶紧过来啊。"

只见他已经抵达大门口，站在读卡器前面不耐烦地叉着腰，脚在地上点个不停。我仍牵着玖渚，向志人君走去。

"我先说好啊……无论你们怎样都不关我事啊，绝对不关我事，无论发生什么我都不会进去救你们的。"

"救？什么意思？"我对志人君的话歪了歪头表示疑惑，"你说的话我好像听不懂呢，小志。"

"没完没了啊，你们俩……小心我告诉那个黑大姐。"志人君郁郁寡欢地瞥了我一眼，"真是的……这种工作每次都丢给我……实在太过分了！不过无所谓啦，总而言之说好啊，无论兔吊木先生打算做什么，我都不会来救你们的，唯独这条给我记好！"

"所以你说的'救'到底是什么意思啊,志人君?"我再次发问,"我们又不是去见莱克特[1]博士啊。难不成兔吊木垓辅还会咬断我们的舌头?"

"……"

我本意是开个玩笑,志人君却嘀咕着"您可真是英明,可伦坡先生[2]",便掏出ID卡划过读卡器。只见他输入密码,对着机器说出"大垣志人,ID是ikwe9f2ma444。"

厚重的门缓缓开启。志人君第一个走进去,我和玖渚陆续跟在后面。他一边嘀嘀咕咕"唉……实在是计划之外……讨厌死了"一边顺着走廊前进。

"四楼。"

志人君简短地说完,用钥匙打开走廊最深处的一扇铁门,爬起了门后的楼梯。

"不坐电梯吗?旁边好像有啊。"

"那人不喜欢。兔吊木先生,他不喜欢电梯。"志人君头也不回地答,"所以从传动轴到箱体全被他 拆(Decompose) 了,几乎没用到任何工具,直接大卸八块。"

"……"

我偷偷看向玖渚,她自言自语"小细还是老样子呀",一脸的

---

1 汉尼拔·莱克特,小说《红龙》中的虚构人物,是一名心理医生,智商极高,嗜人肉。——译者注
2 可伦坡是美国经典电视电影《神探可伦坡》中的刑警主角。——译者注

怀念。看来这既非玩笑，也不是俏皮话。原来如此，这就是"破坏者"加"变态"吗？我感觉能窥见兔吊木垓辅其人的一鳞半爪了。

我们抵达四层。楼梯走到头后，志人君用另一把钥匙开门，随之进入雪白的走廊。如果说卿壹郎博士所在的中枢——第一栋的内景宛如大医院，那么这里更接近大学的校舍。我这么说，也是因为这里不像有人居住的样子，缺乏现实感，好像走进主题公园一样，总有一丝不对劲。

志人君毫不犹豫地在密密麻麻的门中选出一扇，停在门口。等我们也跟上之后，他才仿佛终于下定决心，敲了敲那扇门。

"……"

没有回应。志人君疑惑地皱起眉，又敲了敲门。但还是没有回音，门后仍然一片寂静。

"奇怪了……博士应该联系过他了啊？"

"是不是在睡觉啊？"

"你傻吗？都收到联络了还要睡？"志人君无奈地看我一眼，第三次敲门，"怪了……"

再三再四，最后志人君终于放弃敲门，小声叹息，握住门把姑且招呼一声"我是大垣，打扰您了，兔吊木先生"，然后拉开。

里面一个人都没有。

见他进门，我们跟着效仿，随即对室内状况稍感惊讶。房里何止没有人，整个屋子除了中央有一把简单的钢椅，其他任何物品——毫不夸张、千真万确地说，任何物品都不存在。仿佛一间刚刚落成，没有被任何人踏足过的公寓新室，这里空空如也——全无人类生活过的迹象。

"志人君，"我问，"这屋子是做什么用的啊？"

"啊？兔吊木先生的私室啊！没工作的时候他一般都在这儿……"

私室？哪有私生活气息？哪怕一鳞半爪也没有啊？房间空无一物，约有十二叠，看起来却远比实际面积宽敞得多。我在屋子里漫无目的地逛了逛。

"嗯，这里就是小细的房间吗……"玖渚也学着我的样子溜达一圈，"嗯，这样啊……这样呀……这样吗……呜呼呼。"

她好像理解了什么。不知这是否就是兔吊木的风格，"变态"的形容显得越发现实了，不对，要是这样的……这种东西也叫个性的话，何止变态，应该算病态了吧？

志人君看来很烦躁，只见他毫无意义地在屋子里四处巡视，然后粗暴地捶墙，而不知墙里是否埋有隔音板，只发出一声毫无气势的"啪"。

"可恶……难道逃跑了……"

就在志人君自言自语时——

"怎么会跑呢？"

从入口传来声音，听着略有些尖锐、高亢，就像雌鸟一样。

"能不能请你不要说既没礼貌，又不正确的话呢，志人君？有失礼节的真话我不介意，说错但懂礼貌我也可以原谅，可要是既失礼，又有误，那就敬谢不敏了，根本无法接受啊。志人君，或者按你的意思，难道我有什么非得逃走的理由吗？"

志人君回过头，我回过头，最后是玖渚回过头去。

一名身着白大褂的男性倚在门后。

首先给人留下深刻印象的，是他那与年龄不相符的白发，中等身材，手长脚长，虽然算得上有模有样，但白大褂因此不太合身，双手各戴着绸布白手套，乍一看长了一张温和的女人脸，下巴上的胡茬却抹消了面相，然后是橙色的太阳镜，镜片后的眼睛虽笑得眉眼弯弯，瞳孔深处却没有半点笑意。

这就是，此人便是——

"兔——兔兔兔"志人君结巴着，但还是喊出他的名字，"兔，兔吊木先生……"

"对，我是兔吊木先生哦。"兔吊木露出一个很有男人味的坏笑，"兔吊木垓辅。"

"那，那个……"

志人君一边后退一步，一边转身看他，态度转变之极端，把现在的他比喻成在肉食猛兽面前瑟瑟发抖的小动物毫不为过。在兔吊木面前，志人君整个人萎缩成一团，和方才发狠、砸墙、骂不绝口的那位完全判若两人。

萎缩。

是的，与"敬意"或"敬畏"毫不搭界，虽不情愿，但我很能理解志人君，就像自己亲历一样理解到想吐。因为自从这个兔吊木出现在我眼前，就在我与兔吊木垓辅初次会面的瞬间，我的感受，多半跟现在志人君的心情是完全相同的。

然而兔吊木垓辅本人，却对志人君和我几乎视而不见，我们甚至没有进入他的视线范围，他只是低头定定地看着某个方向。至于是何方，根本无须说明，那里没有别人，只站着一名蓝发少女，抬起下巴，正注视着兔吊木的眼睛。

兔吊木扶了扶他的太阳镜，紧接着只勾起右边的嘴角。

"你好呀，'死线之蓝'。"

说完，他夸张地、深深地低下头。

这是一副成年男性拜伏在年轻少女面前，甚至有些异样的光景。

"我们该有两年没见了吧？是吗？哦，您换发型了？变得相当玲珑可爱了啊！您的那件大衣呢？那件非常非常重要的回忆去哪儿啦？呵呵，无论如何，得以再次与您相会，对我来说，真是感激又感动的极致。"

"精确地说，是1年8个月零13天14小时32分15秒07没见啦。不过，自再会以来已经又经过了17秒82。嗯，是啊——我也很高兴能再次见到你。"

他曾经的统率者答道。

"真是许久不见了，'害恶细菌'。"

兔吊木垓輔
UTSURIGI GAISUKE
"害恶细菌"

第一天（3）——蓝色牢笼

0

努力一定会有成果

虽然不一定关乎结果

1

"那个叫玖渚的小鬼啊……"志人君自言自语似的问我,"到底怎么回事?她究竟是什么人?"

"嗯?"一时没反应过来他在和我说话,我迟了一秒才回答,"都说她不是小鬼了,别看那样好歹也有十九岁呢。"

"是吗……"

通常的话他总要反驳几句,但这次志人君只是无力地点点头。

七栋四楼吸烟室,我和志人君正面对面坐在这里,但并不是因为我们任何一方吸烟,只是在打发时间。尽管时间这东西,本来就会自顾自地消逝而去,所以用"打发"来描述似乎有点奇怪。换个角度，也许我们才是为了不被时间消磨殆尽，才在这里挣扎。作为假设，显然是绝对错误的说法，但如果用来比喻我们当前的状况，倒也不算太坏。

我瞟了一眼走廊，让视焦定格在密密麻麻门扉之中的一扇，希望能够窥视其中。当然，门离得有点远，我也不像某座岛上的占卜师小姐一样有千里眼，自然看不到对面发生了什么。我只知道"死线之蓝"和"害恶细菌"正在里面谈话，只有这个情况是事实。

他们在谈些什么呢？我完全想象不到，哪怕一点儿都猜不到。

"兔吊木垓辅吗……"

我沉声嘟囔。

年纪三十岁上下，不知那头白毛是染的还是本色，总之年龄大约如此，气质轻佻、浅薄，然而正是从那轻佻浅薄之中，更能看出这个人的不同寻常。如果某处有一条又粗又长的分隔线，那么很明显他绝对是站在对面的人。

就像红色承包人，就像蓝色学者。

"喂！你在听吗？听我说啊！"志人君这次稍稍加强了语气，"那个玖渚，到底怎么回事？我在问你呢，你倒是回答啊！"

"我怎么会知道……"

"你应该知道啊！你不是她男朋友吗？"志人君向我逼问，"能和那个兔吊木先生平等对话的人，能和兔吊木垓辅站在同一立场上说话的人，我可是第一次见啊！在这里无论是谁……就连博士也不行，可是她却……就算他们曾经都是'集团'成员也……"

"你这话不太对。"我出言订正，"玖渚友和兔吊木垓辅之间根本不对等。从'阶级'上说玖渚的地位原本就比兔吊木高，她可是'Team'的统率者啊。"

"是吗？"

"是啊。不过我至今也是半信半疑，不对，大概三信七疑吧。"我自嘲地耸耸肩，"真是了不起的戏言。"

"难以置信……"志人君靠在沙发上，然后，"那……她到底是什么人啊？"他第三次询问同样的问题。

"我怎么会知道？"我做了同样的答复，"这种事，你觉得我有可能知道吗？志人君。"

"所以你也不知道吗？"

我什么都没回答，不回答的沉默就意味着肯定。

是的，我不知道。我不认识那样的玖渚友，不认识与兔吊木垓辅对峙、交谈时的她，不认识被"死线之蓝"这种极其危险、不祥的代名词称呼的她，和那个样子相比，我对初次见面的人了解得还更多些，别的不说，至少我还能断言对方是人类。

而对"死线之蓝"——我甚至都回答不了这个问题。

"……"

我至今为止到底是在看着什么？

不，不对，不是这样，应该是"我至今为止到底以为自己看见了什么"。若说是戏言倒也没错，充斥着严重的误解。至今为止，我在她身边到底看漏了多少东西？不，说到底，我有哪怕一次，哪怕一瞬，陪在过玖渚身边吗？就像曾经的兔吊木所做的一样，我有真的陪在玖渚身边吗？

我理解了。

我自身对兔吊木，以及整个"Team"的所有成员抱持的感情，其真相并非嫉妒、羡慕、憧憬之类的上流情念，而是针对自己的，毛骨悚然的自卑、烦躁不安的绝望、徒有伤悲的失望、愚蠢之极的无力。

"喂，你没事吧？"

志人君的呼唤让我回过神，抬头一看，他正不安地看着我。我应了一声，摇摇头说"没事"。

"没什么。"

"是吗？可你脸上悲怆得很啊！"

竟连眼前这位志人君都来关心我，可见我的神色想必出奇悲怆，八成都惨不忍睹了。虽然我想象不出来，不过一定如此吧。如今这种类似于遭到背叛的心境，足以制造出那样的表情了。

"背叛吗⋯⋯真是，太差劲了⋯⋯我这人。"

我自言自语，然后又一次摇摇头，双手用力拍了拍脸颊，重整态势。疼痛成了药引，唤醒我沉底的意识。行了，烦恼啊思考啊，先统统往后排吧，现在还能，现在还尚且能随波逐流不是吗？毕竟自觉也好，不自觉也罢，我能为玖渚做的事也就这一件了。

"志人君你——为什么会待在这种地方啊？"

"啊？你说啥？"他讶异地反问，"你什么意思？什么为什么？"

"你不想回答也没事，就是临时起意，随便问问而已，打发时间嘛。我只是觉得你这个年纪，待在这里有点奇怪而已。"

"'我这个年纪'？你是挖苦我啊。"

志人君沉默了一会儿，我没期待他会回答，于是也没继续追问，但志人君最终开口，说"因为我喜欢那个博士"。

"那个博士——是指斜道卿壹郎博士吗？"

"不然还有谁啊？别人都叫他什么'堕落三昧'，他其实很厉害的。虽然不知道那个玖渚什么来头，但你也是这样吧？"志人君把话头丢给我，"你不也是因为喜欢她，才陪着她的吗？"

"喜欢或讨厌……这是小孩子才会说的话吧？志人君，"我缓缓摇头，"不是那么简单的，虽然也不至于很复杂，但是绝没那么简单，要是那么好懂，反而轻松。"

"……"

"不，其实可能是更简单的道理，其实可能比想象中更好理解，太简单了反而不懂，也许是——由简单明了而生的复杂难懂。好比我面前碰巧有个她，她面前碰巧有个我，只不过我们的齿轮恰好咬合。比如，就像电子钟，随便抬头一看，恰好时分秒都有数字显示，本质上就是这种程度的事，所以我觉得没什么特别的理由。"

"听不太懂。"

"我想也是，既然说到听不懂，我趁这个机会要说一下，志人君，有件事希望能纠正你一下，我不是她的男朋友。虽然不知为何常常被人误会，总之我们不是那种关系，她只是我的朋友，朋友而已哦。"

"啥？你们之间算是朋友？有点亲密过头了吧？何况又是男女之间。"

"朋友之间没有亲密过头的说法吧？再说友情和性别无关呀……总之，被这样说，她怎么想我不清楚，我本人是不太愉快的。志人君，假如你被人说成卿壹郎博士的恋人，你也不乐意吧？"

志人君抱起手臂。

"确实不怎么乐意……"

"当然不乐意吧。所以就是这样，什么事都跟恋爱扯上瓜葛也不是我的作风。"我摊开手，"再说女朋友的话，我有其他人选了。"

"是吗？什么样的人啊？"

"在超级精英大小姐学校里读书的高中生，今年上高一，所以应该十五岁吧？名字叫西条玉藻，喜欢闪闪发光的东西，疯丫头一个，不过还算挺可爱的，我都被她迷得神魂颠倒啦。我们经常一起去吃冰淇淋呢，虽然每次都是我请客，冰淇淋给她吃，我只能吃筒。唉，可能这就是他们说的'越喜欢越被动'吧。"

"听起来像瞎编的啊……"

"大概有一半是编的。"

"哈，你这个大骗子！"

"那你就是大饼子啦。"

"对对对，过年的时候就要把面团这样揉那样揉，再啪啪啪地……搞什么啊！"志人君怒吼，"为啥我非得在这儿跟你说相声！"

"呃，其实我也没期待你会耍笨吐槽……"

逗志人君很好玩。

不过他本人似乎不这么认为，嘟囔着"少跟我开玩笑，可恶"，看起来心情不佳。

"反正跟你这种——对了，话说你叫什么名字来着？我还没问过，刚见面时也只有你没报上姓名。"

嗯？我有点困惑，听根尾先生话里的意思，卿壹郎博士应该早已事先查清我们的底细，所以我原本想，对方知道我叫什么也很正常，难道没深入到那一步？啊，不，不对，无论他们查没查到我的名字，由于志人君独自被派来做"玖渚友一行人的向导"，或许什么都没有对他透露。他刚才谈吐间表达出对博士非同寻常的敬意，然而作为与我一样受到"欺敌先瞒友"待遇的人，他若是知道自己的处境，不知是否还说得出同样的话。

"……"

嗯，大概说得出吧。毕竟只要事后好好解释一番，还在可以接受的范围内。

"喂，干吗？难道你没名字吗？"

"嗯——我叫Spooky.E[1]。"

---

[1] Spooky.E是西尾维新极为推崇的作家上远野浩平的小说《不吉波普不笑》中使用电磁波对他人进行洗脑的角色。——译者注

"哦……"

虽然满怀期待，但这次志人君没有顺势吐槽，甚至反应还相当冷淡。

"呃……所以——你想说因为有'E'才叫你'阿伊'？"

"然也，正是如此。"

"……"

"叫伊馆郁夜[1]也行。"

"……"

他看来也放弃了与我胡扯，低下头叹了口气，转回先前的话题——"反正跟你这种人……反正就算跟你说明也不会懂，要是被你听懂那还得了。"

"是吧，你也不希望随便被人读懂吧？对了，说起来，我四月的时候碰到过一个占卜师，据说她可以读懂别人内心的任何想法哦。"

"啊？又是你拿手的编瞎话吗？"

"与其说编瞎话，其实我这个叫戏言才对，虽然只是咬文嚼字啦。总之，不管是志人君还是我，只要面对那个人，什么事都瞒不过她。"

"资深心理学家吗？"

典型的理科生的思维方式。我点点头："肯定也有这种看

---

[1] 伊馆郁夜是西尾维新极为推崇的推理小说家清凉院流水作品中的人物，昵称也是"阿伊"。——译者注

法吧。"

"志人君，你怎么想，像那样的？"

"还能怎么想，肯定讨厌啊！"志人君似乎没有读懂我的问题，歪了歪头，"我在想什么对方都一清二楚，肯定会不舒服吧。你刚才说得没错啊！"

"不是，我不是这个意思……不是指我们的感受。能够看穿他人的一切想法，你觉得那人会是什么心情？"

"很方便吧，挺好的？各种方面来说。"

"方便是吗？也许吧。"

由于志人君答得实在干脆，我只得点点头。但这话要是让那个占卜师听见了，一定会出言反驳。

啊，对了。

我记得那位占卜师的读心能力始终没能看透玖渚友的心。恐怕是因为玖渚友的内心过于深不见底，单单只是理解她那处理远远庞大于常人情报量的大脑，就已绝非易事，我还是大致能想象到的。

而此时，我们所在的吸烟室隔壁，那个谜之物体X——不，现在已经知道它的真实身份了，那台"业务用女仆机器人"缓缓经过。铁质圆柱这次没有搞错人类和垃圾，径直地向着走廊深处行驶而去。原来如此，看来所有楼栋里都配备了这个家伙。

"听说那个'业务用女仆机器人'是你做的啊，志人君？"

"啊？"他皱起眉头，"这个，倒是没错。谁告诉你的？"

"根尾先生。"

"那小子……"志人君不耐烦地咂了咂嘴,"嘴巴这么松。"

"称呼前辈为'小子'可不好啊。不过你很厉害呢,能做出'女仆机器人'真的很厉害!嗯,虽然我比较喜欢老式的那种女仆小姐,不过新式的也不赖呀。"

"别叫它'女仆机器人',只有根尾先生才这么叫。"

志人君看起来既不自豪也不得意,反而一副"这点小事也要夸很烦呢"的样子,"那种玩具算不上什么"。

"只要有零件和工具,小学生都做得出来。"

"是啊,这就是它与女仆小姐之间的差别。"

虽然连连点头,但我还是比较喜欢老式的那种。

"话说……志人君啊,关于女仆我还有一个问题——"

"什么?"

"我听说兔吊木先生从没离开过这栋楼,是真的吗?"

"先不说哪个字跟女仆有关……"他有些诧异地反问,"你听谁说的?"

"嗯——也是根尾先生。"

"……"志人君整个人凝固了一会儿"可恶,那小子。"

"所以说,用'小子'称呼前辈研究员不太好啦。"

"小子就是小子,是男的所以叫'小子'啊,我又没搞错,而且你要搬出前后辈那套理论,我才是他的前辈!我在这里供职比他久多了,他是资历最浅的……是啊,所以呢?兔吊木先生走没走出过这栋楼,关你什么事?"

"不,那倒没有……"我随口搪塞,"这里简直可以称得上是怪人集中营啊。兔吊木先生就不说了,你也算不上特别正常,再加上卿壹郎博士、神足先生、根尾先生,还有心视老师,真是人才济济、百花缭乱、放飞自我。'堕落三昧'的名头不只是卿壹郎博士一个人的功劳嘛。"

"我很正常。你不要若无其事地说没礼貌的话,好吗?喂,你不只见过神足先生和根尾先生,连三好大姐都见过了啊?"

"啊,这倒没有。三好心视女士的名号我只是听过,毕竟她是人体和生物解剖学界的权威嘛,连我都知道的。"

"是吗?不过她是挺出名……毕竟她前东家很有排面,你知道也不奇怪。总之,我很正常,除我之外,大家也都很正常。按你这种普通人的观点看来也许会比较奇怪,但那是你理解能力的问题。"

"哦……可能吧,也许你说得对。"

虽然点头同意,我却有点怀疑兔吊木是否包含在他的"大家"之中。不过我也没有刻意再提这点,若继续深究下去,必然要提及玖渚,变成这样的话,我没有自信还能继续冷静地跟他对话。

"是我理解能力的问题吗……"

果真如此吗?果真如此吧,也许并非如此。然而,大概就是这样,就是这样吧,问题最终总会绕回自己身上。这是个过程越是错综复杂，答案就越是简单的逻辑，宛如墨菲定律[1]。

也即是，无论算式再怎样繁复，答案若非零便是一。

"零啊……"

此时，突然传来门的合页吱呀作响的声音。我一扭头，正好见到玖渚走出房间。她反手关上门，然后东张西望地似乎在四下寻找什么，目光与我碰撞的瞬间，她停止了动作。

"啊，发现阿伊！"

玖渚说着跑向我。本以为吸烟室大门就是她的目的地，谁知这位全力冲刺的选手即便早已跨过终点线，也没有半点放缓脚步的意思，甚至反而加速向我扑来。由于玖渚的这种举动我已非常熟悉，为了不让我们两人受伤，我轻车熟路地化解力道，接住了她。

"嘿嘿……"轻笑着，玖渚的双手绕过我的背环抱住我。

"人家回来啦，阿伊。"

"……"

我只犹豫了一瞬，便回应道。

"欢迎回来，小友。"

一如既往，理所当然的气氛。

现在这样就好，这样就好。

我心满意足地告诫自己。

"多谢款待，不过啊，"志人君发出烦躁的嘟囔声，"聊完了

---

1 墨菲定律是心理学效应，是指如果事情有变坏的可能，不管这种可能性有多小，它总会发生。——译者注

就赶紧跟我回去,要亲热还麻烦两位改天,我可是被嘱咐过的,见面之后就得把你们带去博士那里。"

"与其说是助手,你更像打杂的呢。"

"烦死了!信不信老子弄死你啊!"

不耐烦地说完(当然会生气吧),志人君粗鲁地站起来,然后大踏步走掉了。我本想立即跟上他,但由于玖渚仍然没有松手,我甚至站不起来。

"喂,小友,等下给你抱个够,现在先放开我。"

"嗯——这倒没关系。"没想到玖渚很听话地起了身,然后转向志人君,"小志,你稍微等一下哦。"

"啊?我凭啥要等?难道你也要抱我?"

"才不要呢,是这样啦,小细他⋯⋯"说着玖渚飞快地瞟了我一眼,目光很快又回到志人君身上,"说想跟阿伊谈谈。"

"啊?你说什么?"

"啊?什么玩意儿?"

志人君的诧异和我的惊愕几乎同时发出,构成二重奏。他唱男低音,我唱男高音,只不过由两个男声构成的短合唱实在不悦耳。我们之间不知不觉尴尬起来,为了拂去这种尴尬,我面向玖渚又问了一遍:"你说什么?"

"所以说,小细想和阿伊谈谈啦。"

"是吗?"

"为什么啊!"志人君怒吼——甚至于大喊大叫起来,"为什么兔吊木先生会想和这小子谈?"

"这次改用'这小子'吗……你才该被铃无小姐说教吧?"我连连摇头叹息,"不过我完全赞同你的意见。小友,兔吊木为什么要找我谈啊?"

"不知道呢。"玖渚答得不冷不热,"总之,大概是人家说完话快要走的时候,'能否请您把刚才那位长着死鱼眼的青年带来呢,我想与他单独说说话'——小细这样说哦。"

"他只说了'死鱼眼的青年'吧?那也可能是指志人君啊。"
"不可能。"
"不可能的。"

这次是女高音和男低音。

"绝对是你。"
"绝对是指阿伊。"
"不会错。"
"不会有错的啦。"

他俩开始对唱,我已经完全搞不懂情况,只好说了一句"不是,不管怎么说……"勉强切断两人的联动。

"且不说我的眼睛什么样,很明显我问的是为什么我会被兔吊木叫去啊?"

"所以说不知道啦,不要问人家啊,进去不就知道了吗?"玖渚指了指刚才她自己出来的那扇门,"机会难得,就稍微去聊聊嘛,阿伊,肯定很愉快的。再说,人家会在这里等你啦。"

她轻巧地坐在沙发上。志人君原本只差几步就要迈进走廊了，此时也调头回来，念叨着"怎么回事啊，真是的"，像玖渚一样坐下。

"真——的是拿你们没办法啊！那你赶紧去吧，我也在这儿等着。"

"你先回去也行啊。"

"所以说要是我走了，你们俩不就出不去了？你以为我闲得慌吗？"志人君拍桌催促，"行了，快去快回。"

"知道啦……我已经听明白啦。"

总之，非去不可。虽然不知道兔吊木喊我去有什么目的，可我也没有其他选择。心情仍旧不畅，但似乎只能走下去了。我嘱咐玖渚"你小心点啊，有什么事马上大声喊我"，为了不让志人君听见还特意凑到她耳边，说完我便来到走廊，站在那扇门口。

我进去之前转过身。

"喂。"

喊了玖渚一声。

"小友，你和兔吊木聊完感觉怎么样？"

"很开心哦。"

她的回答那么简洁，非常非常有玖渚友的风格，可我觉得，自己现在快要迷失在这所谓的"风格"里了。玖渚友的风格到底是什么样的，明明如此简单的答案，现在也渐渐模糊不清，不再分明，就像把劣化的复制胶片正反翻转后冲洗出来似的，渐渐不再分明。

我对玖渚的感情，以及玖渚对我的感情也一样。

或者，也许现下正是我该发奋的时候，至少，坐在志人君旁边的这个还是我认识的玖渚友。我心里盘旋着这样的念头敲敲门，然后拧过门把。

"你好啊——初次见面。"

结果——

明明我还没走进室内，便从内侧传来尖细的高音。这嗓音，若有人称是属于女性我会深信不疑，好像硬从喉咙深处挤出来的假声一样，这嗓音就是如此，同时又绝不柔和，仿佛尖利的刀刃。

我走进房间，反手关上门，然后也学着说了一声"初次见面"。见我这样做，兔吊木弯起嘴角，和蔼一笑。

他坐在房间里唯一的家具——那把钢制椅子上，跷着二郎腿面对我，姿势完全放松。他微微抬起下巴，像是抬头仰望，窥视着我的表情。

我说不出话，我面对着兔吊木，什么话都说不出来。

"你不要这么拘谨嘛。"最终兔吊木先开口，"虽然你刚才也是这样，究竟为什么要像看着不共戴天的仇敌一样盯着我呢？我很久没有和人类聊天了，而且我应该还没对你做过什么吧？你看看志人君，见到我也不说话，不看我的眼睛，甚至连靠近都不敢，更别提其他人来都不会来。就算是我，有时也会想和别的人类说说话啊。我这个人可是很怕寂寞的，寂寞到都要受不了啦。所以求求你，能不能说点什么呢？"

"很久?"

这个词让我感到疑惑,同时紧张也消解了几分,至少,看起来还算是可以语言交流的对象。我挪了挪位置,但仍与兔吊木保持一定的距离,靠在右侧的墙壁上,接着重新转身面对眼前的人。

"您在说什么呢,刚刚不是已经和玖渚说过话了吗?"

"'死线之蓝'吗?喂喂喂,"兔吊木轻声发笑,这个动作倒是很像人类的反应,虽然理所当然,可正因为理所当然,才让我感觉不对劲,"饶了我吧,被你这么说我会不知道怎么回应的。你不是最清楚的吗?或者,难道你把'死线之蓝'——玖渚友,定义为人类吗?"

"……"

"无论谁都不可能和那个沟通的!我也好你也罢谁都不可能,不是吗?"

向我寻求同意的兔吊木虽然还是笑得眉眼弯弯,但他的瞳孔深处仍然不带一丝轻佻,一副就等着我露出破绽的神情。我姑且随口答道:"我倒不这么认为。比起这个,兔吊木先生……"

"叫兔吊木就行了,以及你也别傻站着,坐下如何?"

"坐地上吗?"

"应该打扫过的,不脏。虽然干活的不是我,是志人君的机器。"

"我还是站着吧。"

"这样——"兔吊木点点头。

我把一部分身体重心转移到墙上，令自己的左腿轻松一些，这是为了随时可以拔腿就跑。虽然我不认为有这个必要，但总归小心驶得万年船。

"兔吊木先生，您有话对我说吗？"

"我不是说过叫兔吊木就行了吗？"兔吊木笑了笑，"我不太喜欢被人尊称，既没理由让你这么称呼我，也希望志人君别这么叫。真是，可头疼了。'集团'那帮家伙都是直接叫姓氏，反而比这里轻松得多。"

"您说的'集团'是什么啊？"我提出一直很在意的问题，"来到这里以后听人提过好几次……是'Team'的别名吗？"

"别名……这个描述有些欠妥。"兔吊木竖起一根手指，"我们原本就没有名字，所以每个人都随自己喜好，想怎么叫就怎么叫，我基本上用'集团'，只不过被这里普及了而已，虽然是我让它普及的。'凶兽'好像叫'集体（Mate）'吧。'罪恶夜行（Reverse Cruise）'叫它'矛盾集合（Russell）'来着？然后'二重世界'居然给起了个'领域内部（Inside）'这么讲究的名字。那个不是单纯的排外，他最爱玩文字游戏了。还有还有……呵，总之，百花齐放、随心所欲，甚至还有人每次都换名号，所以别名、本名、正式名，我们一概没有。我管我们自己叫'集团'，就是这样而已——然后'死线之蓝'的称呼是'伙伴(Team)'。"

伙伴。

这个词语让我心如刀绞。

"哦？难得看你脸色有所缓和，怎么又僵住了？我说的话让你不愉快了吗？如果是这样就对不起了，我很少有机会和别人聊天，所以不是很了解怎样和人流畅对话啊，希望你不要太介意。"

"不，我不介意的，没关系。比起这个，兔吊木先生——"

"都跟你说了直接叫姓就行……不过算了，反正我也不觉得一切诉求都会被听取，继续说吧，什么事？"

"您和玖渚聊了什么？"

我的提问使他一瞬沉默，但也只有一瞬，兔吊木很快开口。

"你……叫她'玖渚'是吗？"

"请您回答我的问题。"

"如果你回答我，我也可以回答你啊，我们轮着来吧。首先我来提问，你平时是怎么称呼'死线'的？就像我称呼曾经的我们为'集团'一样，你是怎么叫她的呢？"

"……"

"顺便一提本人，兔吊木垓辅当面呼唤她时使用'死线之蓝'，向第三者描述她时偶尔也用这个称呼，但根据具体对象不同，可能会换成'玖渚友'，以概念形式提及时一般缩短为'死线'，代名词用'她'，极少数情况下也用'那个'，大概就这四种吧。"

我没能理解他提问的意图，有些犹豫如何回答，但怎么看都不像别有深意，因此大概只是他个人兴趣而已，最终我还是老老实实思考起来。

"和她直接说话的时候我会叫名字'友',人称代词用'你'吧,像现在这样和其他人聊到那家伙的时候称呼姓氏'玖渚',人称代词就用'那家伙''她'之类的。只有一种情况例外,和直先生……玖渚的兄长聊到她的时候用过'令妹',因为他那个人不太喜欢别人用姓氏称呼自己的妹妹。"

"亏你能陈述得事不关己。不,倒没什么不好,毕竟过去的自己本来就算是陌生人嘛。"

说着兔吊木开始嘀嘀咕咕地"哼,'友''玖渚''你''她''令妹'是吗……"重复我说的话。

"原来如此啊……你是这种人啊。了解了解,我基本上懂了。"

"这是什么心理测试之类的吗?"感觉稍微有了些喘息的余地,我的语气得以带上几分揶揄,"所以呢?请问我对玖渚的感情是何种的扭曲呢?"

"还是不说为妙吧。不,该叫无知是福才对。"兔吊木毫不退缩,"话又说回来,你可真是阴郁的人啊,眼神就像死掉的鱼一样。"

"死鱼还真过分,博士可夸我'眼神不错'呢。"

"是不错啊,腐烂得刚刚好,面对面地看着你,不禁让我想起'凶兽'。"

兔吊木笑得春风得意,好像开心得很。至于这究竟是因为在和我聊天,还是因为观察我很有趣,又或者只是表面开心实则不然,我无从判断。

"我已经回答过了，请您也回答我吧。兔吊木先生，您和玖渚聊了些什么？"

"你应该多少猜到了吧？你觉得我们聊了什么？"

"……"

"啊啊，抱歉抱歉，没关系的，我可不是苏格拉底，虽然常有人说我鼻子像他。不过尽管我认为，作为诱导对方深入思考的一种手段，用问题回答问题不算坏，但不是我的作风，硬要说的话，我可是那种自顾自啰唆一大堆的话匣子。"

"这样吗？"

"嗯。'死线之蓝'当然对我说了——'会放我离开这里'。"

兔吊木的语气非常自豪，简直就像玖渚能这样对他说一句，是他无上的幸福似的。

"然后，您是怎么回答的？"

"拒绝了啊，肯定的吧？"他那样子仿佛是理所当然，"其他也聊了不少，这些就属于个人隐私，还请容我不提了，你也不想听我是怎么处理欲望的吧？"

不，我不想听。

"您为什么拒绝了呢？"

"当时我就这样摆摆手，说'您不必费心'。别这么看我啊，你听不懂玩笑话吗？不用事事都瞪着你那双死鱼眼'睛'挑我的毛病吧？'鲸'又不是鱼。"

不知是否觉得自己说的冷笑话很有趣，兔吊木窃笑起来。此时的他，丝毫不像一头白发的成年人，看起来很是幼稚。

"咱们轮流问，接下来该轮到我了吧？要注意区分先后啊。"

"那……请吧。"我半是破罐破摔地点点头，"不过您还有问题要问我啊？"

"有啊，很多。"

好像有很多呢。

"那么作为热身……你和玖渚友接过吻吗？"

"……"

我此刻的心情真的难以形容。

"顺便一说我没有。"

废话！按你们的年龄差距，敢对少女这么做就是板上钉钉的犯罪，连酌情审判的余地都没有，都别说对不起社会，首先就对不起人类。

"所以，你的情况是？"

"有过……"这次我完全放弃了挣扎，"所以怎么了吗？"

"不，我只是有点羡慕而已。继续说吧。"

"继续什么啊，接下来该我问了吧？"我抬起头，目不转睛地看着兔吊木脸上塌到快要融化的表情，"您为什么拒绝了？您不想离开这里吗？"

"你和'死线之蓝'说话都很怪啊。"我话音刚落，兔吊木便觉得很无趣似的说，"你们的话都相当的、非常的奇怪。我可是这家聘来的特别研究员啊。工资该拿的拿，福利待遇也还行，没被软禁也没被监禁啊。"

"斜道卿壹郎博士这一年的业绩增长，以自己的名义给玖渚本家呈上的研究成果、学识业绩之中，兔吊木垓辅，据说有九成其实是你的功劳。"

"谁知道呢，听不懂，完全不知道你在说什么，听都没听说过，难道不是谣传吗？"兔吊木呵呵一笑，"毕竟世上总有闲人嫉妒别人的成果啊。"

"既然您坚称自己没有被关，兔吊木先生，那么，请问您持有从这家研究所——不，您哪怕具备离开这七号研究楼的手段吗？"我穷追不舍地说道，"比如说，您持有可以放入读卡器的研究员证件卡吗？有ID密码吗？接受过声纹、虹膜信息的登记吗？"

"……"

兔吊木陷入沉默，紧接着他的目光锁定我，眼神镇定又沉着。我半是强行地无视他的目光，继续侃侃而谈。

"您走出过这栋楼一步吗？我可听说没有。把自己所有的技术都提供给卿壹郎博士，人身自由被完全限制，即使如此您也要坚持自己没必要离开这里？"

"很会说啊，年轻人。"他闭上双眼，然后只睁开右眼，"这个年纪谈自由？不过十九岁出头，却跑来高谈阔论何谓自由。这可着实不谦逊。"

"按玖渚说的……不，更准确点是按小豹说的才对，他说您是被卿壹郎博士抓住了把柄才被拘禁……"

"呵呵！'把柄'！"兔吊木猛地在胸前一拍手，干瘪的掌声在室内回响，"'把柄'可真不错！以那头'凶兽'来说，语义编码做得很优秀嘛！笑死我了，实在有趣，没想到世上还有这么有趣的事啊。"

"请您回答我的问题啊，兔吊木先生。"

"哼哼，呵呵呵，要我回答问题？可以啊，我就回答你吧，年轻人。"兔吊木停止了哄笑，缓缓抬起头，"比如说吧……你知道有种生物叫猪吗？不知道的话，牛或鸡也行。"

"猪我还是知道的。"

"那就好。那么你当然也知道猪由野猪驯化而来吧？牛或鸡虽然没有接受品种改良，不过差不多都是家畜。家畜，关于这点你怎么想？他们——姑且先称其为'他们'吧——你会觉得他们作为生物败给人类了吗？"

"不是吗？"

"不是啊，岂止不是，根本完全相反。结果论啊，驯化后的结果，改良后的结果，他们更加繁荣了，被人类保护起来，被人类悉心养育，被人类批量生产，他们作为生命体，势力有了飞跃性的壮大。通过与人类共生——不，通过寄生在人类身上，他们作为一种生命，得到了稳固的地位。难道不是吗？"

"我只觉得全是歪理……"

"歪理也是理啊，就和桃李都是李一样。好了，听起来，我现在的状况有这么差吗？分管整整一栋大楼，现在还可以和你聊天，即便你说我被束缚，去别处不也一样？世上哪有完全不受束缚的人生呢？至少，比起那种天天在家看电视，只和固定的人来往，说是来去自由，却也只在特定的空间内生活……我可比这种人自由多了，至少我的精神是不受限制的。"

"听着不像真心话。"

"怎么想是你的自由，我不打算束缚你。"

兔吊木不再继续这个话题，然后说"接下来该我了"。

"你和玖渚友睡过吗？"

"……请问我接下来是要一直被性骚扰吗？"

"有什么不好嘛，难得的机会，大家都是男人，说说心里话嘛。"兔吊木换上风流大叔的表情，"顺便一提我没和'死线之蓝'睡过。"

"所以说有的话就是犯罪了。"我用左手捂住双眼，"我也没有过。"

"没有吗？"他看起来很意外，"啊？怎么可能，你骗我吧？"

"真的啊，这种事我不会撒谎，就连相似的事也完全……呃，倒不是没有，只是最后大多以未遂收场了。"心想为什么事情会变成这样，我尽可能淡然地回答，"这样您满意了吗？"

"嗯，不，我不满意。这怎么可能呢？"兔吊木抱着手臂哼哼起来，"你是正常男人吧？有没有奇特的嗜好？比如其实正在对我有兴趣之类的？"

有兴趣个鬼啊。

我决定无视兔吊木,强行进入自己的回合。

"也即是说兔吊木先生,您不打算离开这里,是吧?"

"不是这个意思,不是不打算离开,而是没理由离开啊。比如'死线之蓝',她平时不是蹲在京都的公寓里足不出户吗?但是你会强行拉她出门吗?不会吧!又没有非得让她出门的理由。因为她在室内待着就很满足了,谁都不会困扰。我也一样,想知道宇宙有多广阔,不需要非得亲自环游一周,不是吗?"

"所以按您的意思,玖渚这次的行动不过是瞎操心了?"

"喂喂喂,故意使用挑衅的说法太卑鄙了吧。"兔吊木滑稽地扬起右边眉毛,"当然不是,玖渚友能有这份心意我很开心,甚至可以说感动。而且就算没有,只要能与'死线'再次相会,对我来说就是好事。在这种意义上,对陪同玖渚友前来的你,我也是很感激的,谢谢你。"

"不客气……"

我叹了一口气,看来他自称"话匣子"不是妄言。无论我从哪个方向如何进攻,都会被引导得完全偏离正题,最后再被他巧言笼络。

尽管怎么看都只是个可疑的大叔,但他好歹也是玖渚友的伙伴,这点绝不能忘记!

"好了,轮到我了。也就是说你无法将玖渚友——那个少女作为一名女性看待,你对她只是友爱而非恋爱,是这个意思吗?"

哦,这次提问还比较正经嘛。

"也就是说你对玖渚友那少女体型(萝莉)提不起兴趣。"

"……"

期待他的我真是傻瓜。

"顺便一提我可以。我开玩笑的,能不能请你别逃啊,别拔腿就走啊!怎么可能有兴趣啊,我比她大十五岁呢?怎么可能做那些事嘛。'萝莉控'在我老家就是一句见面打招呼的问候语而已,真的。这种程度就退避三舍,你在我的故乡会活不下去哦?求求你不要用那种疑心重重的目光看我,好吗?"

"唉……"

我一面暗暗起誓,无论发生什么事都绝不踏足眼前这人的故乡,一面心想,该不会志人君和神足先生说的"变态"是这个意思吧?要是如此,志人君怕成那样也可以理解的。我若无其事地摆好架势,让自己随时可以拔出藏在右胸的小刀。

"你会和玖渚友拥抱,但那只是兄长对妹妹的爱,是吗?对你来说玖渚友相当于妹妹,是这个意思吧?这么想倒不坏,毕竟'我只把你当作妹妹',从某种意义上,可以说是对女性最大的赞美啊。"

"……"

"顺便一提我有两个妹妹——"

"我不想听!"我间不容发地打断他,"况且日本人一般也是不会拥抱妹妹的。"

"什么?是这样吗?"兔吊木惊讶得瞠目结舌,"是这样啊……哎呀，受教了，谢谢你，见到你真是太好了。"

"唉……"这句道谢让人感到不快，"总而言之，玖渚不是我妹妹，至少我从来没这么想过。虽然跟她的确很像是家人的关系，但这是距离上的问题。"

"哼，你这满脸'家人这种东西根本无所谓'的表情。哼哼，我开始了解问题出在哪里了。"

问题？他到底从哪里，又看出了什么问题？要我说，眼前这个兔吊木，对我而言才是唯一的问题。我越来越想赶快结束对话，然后马上离开房间。

而我没有这么做，大概还是因为兔吊木曾是玖渚的"伙伴"。不，绝非过去时，两人至今，也一定仍然将对方视为伙伴。站在这里继续对话只因他是玖渚的同伙，否则我早就离席了，我给自己做出了以上的分析。

"那——"我接上话头，同时环视这空空如也的房间一周，"您为什么把这么空的屋子当私室啊？"

"哦？暂时转移矛头了？原来如此，想打我个措手不及啊。嗯，不错不错，这做法很聪明，脸长得这么可爱，手段很毒辣嘛，看来你比你的长相精明一些。"兔吊木愉快地说，"答案很简单，我讨厌凌乱，其实就连这把椅子我也想放弃的，不过纠结到至此还是有点神经质了吧。"

"我觉得您已经相当神经质了。"

"哎呀，你可以放心，其他房间都很乱，虽然也有几间不乱，至少都不整洁。我很不会整理，我的专长是搞破坏啊。整个四楼都是我私人在用，不过你回去的时候有机会可以去趟二楼和三楼。工作区差不多有梦之岛[1]那么乱吧。"

"不必了。"我拒绝兔吊木的邀请，"有很多保密事项吧？志人君会唠叨的，而且，正因如此，才会安排我们在这里见面吧。"

"卿壹郎氏倒这么说过……呵呵，他也算是一位麻烦人物。"

从用"他"来称呼卿壹郎博士的兔吊木脸上，至少我是看不出愤怒、憎恨等，通常来说被监禁在封闭空间里的人会迸发而出的情感波动。话虽如此，却也看不出他对自家上司有一分敬畏或好意。

实在……根本想象不出这家伙的思考回路。

"现在该我了。"

"还请您手下留情。"

"交给我吧。"兔吊木古腔古调地接下我的委托，"提问，你对异性大约有多少兴趣？"

"和普通人差不多吧，我想。"我忍受着依然如故的性骚扰回答，"很正常吧？"

"呵呵。我不是那个意思。"兔吊木也不知懂不懂我的心思，腔调中的古风更浓了几分，"有机会在这里引用曾经'集团'的成员——'二重世界'说过的话，我是很开心的。毕竟这世上，没有比谈起自己引以为豪的友人更愉快的事啦。"

---

1 梦之岛是日本地名，曾在1950年至1965年期间作为东京都的垃圾倾倒场使用，被称作"垃圾岛"。——译者注

"……"

"二重世界"。

就是玖渚口中的"小日"？

"您要引用什么啊？"

"那人曾经这样说——'比方说看到流浪的小狗，我不会用脚踹它，也不会用砖头砸烂它的脑袋。它饥肠辘辘，如果我手上有块面包肯定会喂给它。如果它摇摇晃晃跑来就摸摸它的头，假如它再对我露出肚皮，那我更不介意挠一挠了，甚至放养在屋里也不打紧。就算它咬了我的手，我恐怕也会原谅它，但这一切都不意味着我想束缚它。'"

"您引以为豪的这位朋友还真阴郁啊，兔吊木先生。"我说出自己最直接的感受，"肯定不能这样讲啊！"

"呵呵，我记得当时'凶兽'也这么说，然后'二重世界'回答的是'哦？所以，你觉得小动物是不及人类的低贱生命体了？哼，看来你从本质上就是歧视主义者。哈哈，你这个伪善小人，我真看不起你这样的，不如赶快去死吧！不过你这种人本来活着就没意义，活在世上净给人添麻烦，你不在了周围的人才能安心一点，死了才对别人有帮助。原来如此，我还以为你是猎豹，实际上是呆猫啊！笑死我了。喂，那边那个，这样的话你帮我查点东西吧，是关于骨头的——'顺便一说，接下来他们就扭打成一团了。"

"听起来很快乐。"

这个故事很难置评，我只得随口回应。

"虽说快乐这种感情对我们来说不存在吧。好了，既然对你而言玖渚友不是妹妹，那动物（宠物）这个形容你觉得如何？"

"……"

"她确实忠诚，至少对你是如此。"

话里有话，他本人又是一副胸有成竹的态度，好似在说"我手上捏着对付你的王牌"，也不像虚张声势或装模作样。

"实际上你有了'死线之蓝'不也很方便吗？毕竟是玖渚家的直系血亲。玖渚家拥有在山沟里平地盖起研究所的庞大资金力量，又甘愿为'堕落三昧'买单。这样一个家族的孙女，就算被断绝关系，影响力也绝非等闲之辈。家里还有她亲哥哥玖渚直，本家除了他也有不少支持她的人。只要在她身边，你的人生就等于有了保障。"

"……"

"再加上她一头蓝发，躯体比实际年龄幼弱得多，即便性格奇特又有众多古怪，客观上还算是个可爱女孩，可爱得不得了，总会勾起点什么吧？而你可以随心所欲地对待她，可以肆意摆布这样的她，对一个男人来说，是不是很有吸引力？"

"但是并不愉快。"我打断兔吊木的话，"所以您觉得我是那种人？"

"呵呵……你这样的男人也会生气的啊。"兔吊木一脸奸计得逞的表情，"是因为自己被侮辱了？还是因为你对玖渚友的感情被侮辱了？还是因为被我说中了呢？"

"我并没有生气。我只是说,您的话令人不愉快而已。"

"是吗?我很愉快啊,愉快至极。我在和朋友的朋友聊自己的朋友,世上可没有比这更愉快的事。对了,计算机媒体方面你大概掌握到什么程度?"

"不算太擅长吧。"我一边警惕他突然转变话题一边回答,"姑且上过电子学之类的课。"

"啊啊,这么说来'死线'提过,你和ER3系统——那个强大的知识银行有点关联是吧?"仿佛领会了什么,兔吊木自顾自地点点头,"原来如此原来如此,那我理解了,看来确实比外表看上去聪明一点。"

"玖渚提到过我?"

"是啊。她怎么说的,想知道吗?想听听玖渚友用什么名词来形容你吗?"

"不,不必了。"

我立刻拒绝,兔吊木则像从中看出了某种端倪,微微一笑,非常讨厌的微笑。

"电脑是人类开发的设备中最为优良的一种,这不是从硬件上,而是针对软件层面说的。它严格听从程序指示,以一般人无法理解的机理超高速运转,令许多事成为可能,基于与人类完全不同的庞大语言系统运作,花五分钟就能抵达人类花上百年才堪堪接近的境界。可另一方面,这样一种无法理解、过于难懂的设备,连最普通的凡人也能自如地操作它。只要关掉开关,电脑就会停止。有人认为正是因为这样，电脑技术才会在人类之中蓬勃发展。因为操作电脑的行为，就好比满足了人类心中最阴暗的欲望之一——'把比自己优秀的存在拖下水，并令其臣服于己'。"

"我——"

"人类就是这样，面对任何东西都想把主导权握在自己手中。好了，现在我们窥视过人类的肮脏欲望，转回玖渚友的话题吧。她毫无疑问是个'天才'。首先最值得大书特书的便是她超群的记忆力，仿佛脑中设有规模巨大的硬盘组阵，那是人类内存的极限。然后我敢说，只要看过一次她写的程序，不可能有人不被迷住。所谓的美丽正是不含一丝无谓的徒劳，无论何种意义上都不存在一点残渣和冗余。'死线之蓝'写出的程序没有一分一毫的浪费。不仅程序，她作为技术人员制造的硬件、母版和处理器上都没有任何多余的部件。在不做无用功这一点上，'死线之蓝'在'集团'之中是出类拔萃的。"

"……"

"你知道幼时的'死线之蓝'被称作什么吗？你知道的，怎么可能不知道呢？人们只用一个词称呼她——'学者(Savant)'。自然，即便不借助法语，用英语的'Genius'，日语的'天才'，用德语、汉语、斯瓦希里[1]语，意义都是一样的，毕竟才能不分国界，在我还独自一人做黑客的时代，在我还会幻想自己孑然一身的时代，便听说玖渚家的嫡孙女拥有这样的天赋才能，说实话，当时

1　斯瓦希里语是非洲代表性语言，广泛用于非洲东部至中部地区。——译者注

的我战栗不已。"

"战栗……吗？"

"战栗，战栗，正是战栗啊！我们这群人之间虽然很合不来，但也许唯独此事全员都有共识吧？有人因嫉妒，有人因崇敬，都去探过她的虚实。自然，当时的我也千方百计与玖渚友接触，虽说当时我的心态是'刺探敌情'——为此不惜任何手段，但不愧是玖渚机关，寻常路子行不通，我最后只得放弃。所以后来她为了组成'集团'主动来叫我的时候——我忍不住喜极而泣，没有夸张，当时真的哭了。你想笑就笑吧，因为堂堂三十多岁的大人，竟被十四岁的小女孩拯救了啊。"

"……"

我当然笑不出来。

这一点都不好笑。

"哎呀，其实我也觉得是胡闹，这是一出非常滑稽的闹剧。你想想，世上最顶尖的头脑——呵呵，虽然自己说有点不好意思，世上最顶尖的九个头脑聚在一起，却是在陪比我们小一轮的孩子消遣玩乐，那叫一个滥用才能、浪费天资。事实上——如果我们把力量用在更正当的方向——只要我们站在正义一方，地球想必会变得更美好吧？喂，你是不是以为我吹牛啊？"

"我不会这么想的。确实只要你们是善人，拯救世界肯定就像做个苹果派一样简单吧，可是不会实现的，到头来所谓的天才都一个样啊。你们'集团'的九个人当然不会例外——包括玖渚，这家研究所里的人也是如此。我至今见过的所有聪明人都多少有点不正常,不仅仅是社会角度的不正常哦!所有人——都像脑袋里缺个零件似的,品德高尚的天才才是例外中的例外吧?我可不是那种爱幻想的青春少女,傻到去期待有能力的人同时具有高尚的品格。"

"你这是歧视爱幻想的青春少女吗?"

"为什么会这么理解啊?爱幻想的青春少女至少比爱幻想的中年男人讨人喜欢。"

"你在说我吗?不过确实如你所说,天才大多孤傲,缺乏社交能力。换种说法,原本'社会'这种东西就对有能力的人很不友好。对普通人来说,也许哪天自己的利益就会被天才们剥夺得一分不剩,所以天才怎么可能被所有人喜欢呢?"

"请您适可而止吧,兔吊木先生。"我终于有些忍不住了,"您既然有话要说,就大大方方说出来如何?绕弯子也要有个限度,再说这都算不上绕弯子,就是啰唆而已。套用歌德的名言[1]就是,如果您是一本小说,我此刻就该放弃阅读了。"

"那还真可惜,好戏接下来才要开场。"

"我可看不出来。"

"不把无聊的书砸到墙上,而是一路读到最后,这叫作勇敢——好像有这么一句话哦,是太宰治说的,怕寂寞的天才总能说出妙语啊。你不觉得吗?"

"那……我也鼓起勇气,好好期待一番吧。"

---

1 指代歌德的名言"读一本好书就像与一位高尚的人谈话"。——译者注

绝妙逻辑

兔吊木垓辅之戏言克星

上

© NISIOISIN 2008
Illustration by take

"啊，敬请期待，包在我身上，赌上'害恶细菌'的名号。不过'天才'虽然是个好词，但很难否认它被世人滥用了呢。你想想看，让别人叫你天才好像不算多难吧？好比这研究所里的人，你觉得有哪一个没被这么叫过吗？当然包括志人君和美幸小姐在内。虽然陪着'死线'来的你，以及那位监护人铃无小姐情况如何，我就不知道了。被人称作天才并不是什么大不了的事，最难的是——自己确信自己是天才啊。当然，不包括自以为是的那种。"

"自己确信和自以为是有什么区别吗？"

"谁知道，可能根本没区别吧。至少按你我的判断，两者之间是没变化的。不过'预想'和'确信'之间有何不同，你总能理解吧？预想到能丢出6点，然后丢出骰子，结果是6。喂，这样一来，难道事先预想到这个情况的人就是优秀的吗？肯定不是吧。但确信能丢出6就不一样了，这是无可争议的——真正无可争议的，可以称之为才能的特性。曾经我也预想过自己是天才，但是我误会了，现在回忆起来只想往地缝里钻。说到这里你不觉得玖渚友，她对这方面很有自觉吗？你不觉得，她对自己是天才有充分的认识，对自己是天才有完善的理解吗？"

"用词这么直白，可不像您的风格，就连比喻都很老套，虽然我也承认那家伙确实是天才——"

"你承认，然后我也承认，但对此事最为认同的正是玖渚友自己。自觉、自认行为无论属于何种性质，最终都关乎自信，原理不用我解释了吧？如果追求他人给予的相对评价，就得有识人的眼光。但想得到较为绝对的评价，最重要的就是了解自己。不通过与身边的人比较，只靠自身的力量认识自身，从不试探自己，全不需要什么测试，更不需要一切试炼，不需要融入周围的世界就能活下去，这才叫绝对的天才，是确信啊。"

"……"

"好了，尽管是这样一个'天才^(White Out)'，反过来除此以外的却都一塌糊涂。玖渚友摆弄机器和软件的技术堪称完美无缺，可除此以外她一无是处。这些虽然都属于能力分配极端不均衡的'白痴天才'，以及最近引起热议的亚斯伯格症候群[1]的特征，但她的情况比这些还要特殊。幼稚的言行，笨拙的思考能力，特别在人际关系交往上的发挥简直恶劣到完美，那是当然的吧，毕竟她缺乏'情感'，就算称不上缺乏，也完全不够，就算够，可她全然不知道怎么操作它们，因此她无法读取他人的情感。人际关系就像照镜子，只有在对方和自己用同样方式思考的前提下才能成立。不会映照在镜子里的人，又怎么能交流？唉，虽然这不是我该说的话……你就放过我吧。总之，'天才'玖渚友最终是无法一个人活下去的，因为过于突出，所以一个人活不下去，可又正因如此突出，她才不得不一个人活下去。呵呵，真是相当有趣的矛盾回路^(psychological)。"然后兔吊木指着我，"要是没了你这样的人，玖渚友连活都活不下去。先不谈

---

[1] 亚斯伯格症候群是神经发展障碍的一种，其重要特征是社交困难，伴随着兴趣狭隘及重复特定行为，但相较于其他泛自闭症障碍，仍相对保有语言及认知发展。——译者注

那个人是否必须是你，玖渚友要活下去，要进行生命活动，便不得不把一切交托到你手上。如果把她比作电脑，她就是在操作系统诞生前最原始的那种机械装置。接下来回答我的问题，把玖渚友庇护在自己的羽翼之下，是什么感觉？"

"您的问题太多了吧？兔吊木先生，"我仍然垂着头，"一个回合只问一个问题，最多不超过两个，这才是礼节吧？"

"也许吧，也许正如你所说，不过你也不介意给我点优惠吧？免费服务可是推动人际关系发展的润滑剂哦。回答我嘛，拥有玖渚友，你是什么感觉？"

"您难道想让我说出'她是我的，不会交给任何人'之类的话吗？"我沉重地抬起头，瞪着兔吊木，"开什么玩笑……你想要尽管拿走就是了。"

"……"

"我没法和您谈自己，连我自己都无法谈论自己。"

"哼哼，不是没法谈论，而是不愿谈论吧？你不愿意坚决主动地谈论自己。"兔吊木毫不退缩，"你不知道自己究竟会用什么来自我形容，一定怕得无以复加吧？你害怕追根究底，最后会导出何种结果。你害怕自己的恐惧，你怕自己怕得不得了。对吧？"

"也许吧。可是，这又如何？我没道理被您说得一无是处，就算有道理我也不想听，对我而言玖渚是朋友，对玖渚而言我也是朋友。这不就好了吗？"

"目前，是啊，目前这样就好。"兔吊木点点头，"也许目前这样就足够了。但你……你们总有一天会碰壁，毕竟这样不清不楚，若有似无的关系不可能永远持续下去啊。碰壁能带来醒悟倒也还好，可是要是撞死了就万事休矣啦。这一点你了解吗？我只觉得你是刻意逃避，不去直视现实。好了提问完毕，来吧，接下来听听你的问题。"

<small>回合结束</small>

兔吊木把身体往钢管椅背上一压，摆出接受提问的架势。我有些迷茫下一个要问什么。不，其实内容已经有了，我是在为该不该问而犹豫。然而最终，我还是问出了口。

"兔吊木先生……关于'Team'……'集团'……"

"随意称呼就好，反正本来就是匿名组织。"

"到底为什么会组织这种东西？"我问。

"你们诸位到底是基于何种考虑，去组织'Team'……'集团'这样的东西，又展开活动的？"

"这才是核心吗？"

兔吊木的眼神变了。至今为止那双表面上一直笑吟吟的柴郡猫[1]的眼睛瞬间变了神色，变得像要把我射穿，想要剜我肚肠一般露骨。

"很简单，回答你这个问题对我来说比扭断小孩的胳膊还要简单数十数百倍，简单得要命，一句话就够了。但是说实话，我没什么兴致。"

"什么意思？"

---

1 柴郡猫是爱丽丝梦游仙境里面的猫。——译者注

"我若说了真话，就会达不到你的期待，很遗憾我没有准备符合你预期的答案。如果'二重世界'在这里倒能巧妙地应付过去，但是我做不到。"

"……"

"即使如此你也要听吗？"

兔吊木往上拢了拢白发，然后摘下墨镜，收进白大褂的口袋，用他的肉眼直视着我。

"既然你想问，那我就回答，但这并非出于亲切，甚至是出于对从我们手中夺走玖渚友的你所抱持的——恶意，希望你能事先理解这一点。即使如此，即使如此你也想听吗？"

"想听。"

我一瞬、一刹也没有迷惘地点头，优柔寡断，事事中途放弃的我竟毫不犹豫地点了头。

"请您告诉我吧，兔吊木先生。"

"因为'死线之蓝'希望如此。"

兔吊木真的只用了一句话。

就像是简明扼要地解释重点。

"我们不过是听从她的指示。她说了，我们服从，如此而已。她不仅仅是我们的统率者，她是我们的王啊。而我们既是'死线'的士兵，又是她的奴隶。"

"兔——"

扑通。

我双膝发软，腿再也撑不住身体，整个人瘫在墙上。即便这样也没能撑住身体，我只得双手并用扶着墙壁，感觉墙快要倒了。啊，只是我快要倒了而已？可要是再不想点办法的话，这样下去，感觉我的整个存在都要崩塌。

"——吊木——"

我，我，我，我，我……

就在我想开口说些什么的瞬间。

"喂！你到底还要跟兔吊木先生聊多久！"

门的另一边传来激烈的敲门声，伴随着志人君的怒吼。

"差不多得了啊！搞什么啊！"

"呵呵……"兔吊木听见了，耸耸肩，换个坐姿，接着又从白大褂口袋里取出墨镜，戴在脸上，眼神也变回之前笑盈盈的模样。

"知道啦，志人君！我们已经聊完啦！哼哼，看来这次就到此为止了。虽然还有不少问题，不过今天到了散场的时候，是吧，玖渚的友人小哥？"

"看来是这样呢。"我拼尽全力给双腿注入力量，从墙边支起身子，"是这样呢，'害恶细菌'先生。"

"呵呵，明天你再过来吧，到时候我们聊点更有建设性的东西，如何？反正你也得在这里住上几天吧？"

"嗯……我想，应该是……吧……"

"你明天把那位监护人铃无小姐也带来吧，听'死线'说，她似乎也是个非常有趣的女性，和你不相上下的那种。"

"敢骚扰她的话，您会挨揍的。"

"多谢关心。"兔吊木不为我的讽刺所动，笑了笑，"不过放心，我身子骨结实得很，即便挨揍也不会有事。呵呵，那你顺便帮我向大家问个好啊。"

"大家……"我有些疑惑，"是指？"

"大家，就是大家啊，志人君和博士、美幸小姐，还有其他研究员们。听说你不是已经见过神足和根尾他们两位了吗？"

"嗯，长头发和胖哥儿是吧。"

"对对对。"兔吊木点点头。

"根尾先生的胖已经没救了——毕竟体质原因——但是神足先生头发太长，以后会把眼睛搞坏的，你帮我提醒提醒他。"

我表示了解，又抛下一句告辞便动身准备离场。此时背后的兔吊木突然把我叫住，我没有回头，问他有什么事，右手已经握住了门把。隔着门，对面就是志人君，他身边有玖渚在。有玖渚友在，我认识的那个玖渚友，与我就是一门之隔。

"这是最后一个问题了，玖渚的友人小哥。"

"您这样太奇怪了。"我没回头，"明明是从兔吊木先生开始的，最后一个问题却还是由您来问，这也太滑头了吧！"

"下次让你先来，这样就行了吧？而且要回答这个问题很简单，像刚才我回答你一样，一句话就够了，不会占用你很多时间的。"

"唉……好吧，您要问什么？"

兔吊木没有马上接话，而是停顿片刻后才开口。

"你——"

他发问。

"你其实——"

那句话缓慢又切实地翻绞着我的大脑。

"你其实讨厌玖渚友吧?"

2

几十分钟后——我和玖渚再次回到斜道卿壹郎博士所在的一栋,我们并肩坐在方才同卿壹郎博士见面时使用的四楼招待室中,没有其他人。卿壹郎博士似乎正在三楼的实验室内埋头做研究,志人君则去同他报告玖渚与兔吊木已经结束会面的消息。

因此现在,我正与玖渚两人独处。

两人独处。

两人。

可是,真就如此吗?

也许在这房里的并非两人,只有一人和另一人吧?

"阿伊?"

不一会儿,身边的玖渚探头窥视我的表情。她歪着脑袋,从下方冒出来,大眼睛扑闪扑闪盯着我看。

"阿伊，从刚刚你就一句话都没说，怎么了？"

"嗯？"我抬起头，"咦？我刚才没说话吗？怪了，我刚才应该在激情演说欧洲中世纪的宗教和贵族阶级问题啊。"

"你没说哦。"

"不对，我说了。"

"所以说没有啦。"

"肯定说了！"我已经没有退路了，"作为堂堂拿破仑的后裔，不认真思考这些问题怎么行呢？总有一天要把整个欧洲大陆收入麾下，当然要对这片土地的历史和过往了如指掌啊。"

"阿伊，难不成小细刁难你了？"

结果被她无视。

而玖渚面露几分不安，用听起来像在担心我的语气继续说。

"虽然小细对不感兴趣的人一般不会这样的，况且人家也想不到小细如此执着于阿伊的理由。"

"没有，没被说什么，没什么特别的，也就问了问你的近况。"我若无其事地回答，"可能只是想从别的角度知道你的现况吧？总之，我没被他说什么。"

"哦……"

她对这个答案似乎并不满意，但还是点了点头。

我瘫在椅背上，抬头看天花板。那里只有一台吊扇打着旋，把室内的空气搅得团团转。我毫无意义地盯着它发呆，不自觉地盯着肉眼看不到的气流发呆，之后缓缓叹了口气，试图稍微改变空气的走向。

当然，这个行为也毫无意义。

没有任何意义。

"……"

我曾被人如此质问——

"你爱我妹妹吗？"

也曾被人这样询问——

"你喜欢小玖渚吗？"

对这两个问题，我几乎马上就做出回应——"没这回事"，两次都是如此，两度都如此作答，若再有第三回，想必还会这样，第四次大概也一样，即便有第五次、第六次，我也一定会这么作答。

几乎毫不犹豫地，摇头否认。

仅此而已。

然而——

"你其实讨厌玖渚友吧？"

然而兔吊木的问题，别说当时马上作答，我根本就交不出答卷，答不上来。

"为什么？"

我为何躲不开区区一个，简单到一句话就能收场的问题啊。

我不需要诚实，也不需要老实。因为在那种人面前，诚实与老实都没有必要。所以即使撒谎，即便临场发挥、长篇大论，只要像平时一样就好，明明就这么简单啊。

为什么……

"渣滓……太难看了,不知廉耻也要有个限度。不,该说是不知天高地厚……你这渣滓到底在搞什么啊!"

早点死了多好。

怎么还活着啊。

"实在太可悲了……"

"嗯?刚刚说了什么?阿伊?"玖渚歪歪头,"人家没听清呢。"

"没有,自言自语,我这个人的成分可有一半都是自言自语。不过,不不不,话说回来——"我硬是用上轻松明快的语调,"借用铃无小姐的说法,没想到兔吊木还挺普通的嘛,我还以为是像你和小豹那样从本质上就无法用言语沟通的怪人呢。"

可以言语沟通。

通常与人对阵时,语言会成为我的优势,可是这次……当真无愧于"Team"的破坏专家"害恶细菌",我要发自内心地夸他一句了不起。

竟然连戏言也能破坏掉。

"普通……小细可称不上普通吧。"玖渚少见地有些吞吞吐吐,"哎呀,人家也不好解释。不过话又说回来,人家好头疼啊。"

"头疼……为什么?"

"反正阿伊也听说了吧?小细根本没打算离开这里呀。"

"啊啊……是啊。对,他是说了。"岂止没打算离开,他看起来丝毫不在乎,反倒对我和玖渚之间的关系兴致盎然,"你没劝

147

他吗？"

"劝是劝了啦，虽然劝了，可小细不会因为人家几句话停下来的，对兔吊木垓辅来说不存在停止——他是不灭^{Red}、不净^{Green}、不死^{Green}的哦。"

"连你都叫不停他……你不是首领吗？"

"是前首领哦。不过，虽然说是'Team'，大家都是随心所欲的嘛……能把他们组织起来就很不错了。所以'Team'的解散也许用'破裂'来形容更准确吧。要是管不住过于膨胀的才能就无可奈何啦——都是些烦心事，人家不怎么想回忆呢。"

"听完小豹那段插曲以后，感觉确实如此啊……"

"嗯——好烦好烦，人家头痛得要死啦，就好像在跟烦恼玩'大逃杀[1]'。怎么会这么头痛啊——"

就在玖渚抱起手臂，一脸郑重其事地烦恼时，外面有人开门，接着一前一后走进来卿壹郎博士和美幸小姐。这是我第一次近距离看到博士站立的样子，瘦小的躯体与他的气质并不相符，正是寻常老人模样，手上甚至拄着一根看起来有些年头的木质拐杖。但即便如此，也可从他全身各处透露出的小小细节，想见这副身板年轻时的结实壮健。

卿壹郎博士瞥了一眼我和玖渚，然后毫不掩饰地"狡黠"一笑——

---

[1] battleroyal原是摔跤的一种模式，多人在擂台上的混战。日本作家高见广春以此为题写了一部小说，译作大逃杀。——译者注

"如何？"

他嘶哑地说。

"与许久不见的朋友再会，还顺心吗？玖渚大小姐？"

"嗯，特别特别开心。"玖渚笑着回答，"开心得像做梦一样。这趟真是来对了，还和小细说好明天再聊呢。"

"是吗是吗？那就好。"博士也从容不迫地笑道。

"不过玖渚大小姐，聊天可以，希望你不要打扰我们的工作。我们可不是整天在这山里游手好闲的，毕竟我不像大小姐有钱又有闲啊。"

"有没有钱暂且不提，刚也说过了人家并不闲啊。不过嘛，博士的难处都可以理解。"玖渚说，"大家都知根知底，就不要绕圈子啦。比起这个，人家希望能早点进入正题，不知博士有没有准备好足够的宽容来谈判呢？"

"宽容？好啊，我对年轻人向来很宽容。"

说着卿壹郎博士悠闲地迈步走到玖渚面前，停在一个绝妙的位置，正好可以居高临下地俯视坐着的她。

"不过——监护人小姐不在啊，让这个不太可靠的少年当你的搭档，没关系吗？玖渚大小姐。"

"多谢您的关心，不过操心未免多余了哦，博士。博士其实也很清楚阿伊到底是什么人，不是吗？"

"……"

卿壹郎博士明显不愉快地咂了咂嘴，转身对美幸小姐说——

"喂，出去。"

"欸。可是，博士——"

"不准顶嘴，说白了你给我'消失'。"

"……"

"还要再说直白点吗？"

"不，我明白了。"

美幸小姐顺从地没有回嘴，行了个礼便静静地离开房间，连脚步声都没发出一点。她果然有当女仆的才能，志人君的发明真是罪孽深重——我虽这样想着，但也告诫自己不分场合也该有个限度。

才能——然而，虽然不是借用刚才玖渚的话，在这样的研究所里，空泛到如此程度的词着实少见。此情此景，与两个天才近在咫尺，所谓的"才能"又有多少分量呢？这正是"祇园精舍钟声响，诉说世事本无常[1]"啊。

玖渚轻声窃笑。

"博士还是不把人当人看，而这样的博士为何会钟情人工智能，唯独这点一直理解不了。"

"理解不了？这可不像大小姐说的话。"

"……"

"哼，你就是个可恶至极的小鬼。"博士恶狠狠地说完，缩短了与玖渚之间的距离，"你那张脸，那双眼睛、嘴唇、轮廓、肉

---

1 "祇园精舍钟声响，诉说世事本无常"出自《平家物语》的序文部分。——译者注

体、笑容、语气，所有的一切都很碍眼。"

"等等博士……"我下意识地插嘴，"您这样说有失绅士风度吧。"

"绅士风度？你跟'堕落三昧'讲什么绅士风度？未免太天真了吧。"博士笑道，"而且，这可不算失礼。这位玖渚大小姐可不会被我三言两语伤到，她从头到尾就没把我放在眼里。是吧？玖渚大小姐。"

"您这样说未免太坏心眼啦，博士，大可不必这么别扭吧？"

"但这是事实。你眼里只有兔吊木垓辅吧？没错，你完全没把我放在眼里，根本就是不屑一顾。"博士继续说，"你还记得吗——这么问也实在够蠢。你可记得七年前，当时你和你那哥哥玖渚直一起，到我北海道的研究所那天，发生了什么事？"

"……"

"至少我永远忘不了那一天。喂，小子，"博士把话头丢给我，"你觉得这位大小姐——当时十二岁的大小姐，看过我花了三十年研究的成果以后，说了些什么？"

"不知道，我根本想象不出。"

"'这真是相当厉害的研究啊！'"玖渚硬是挤进对话，"'这样的，认真做的话怎么也得花上三个小时吧'——当时是这么说的。"

"……"

当年的光景历历在目。这家伙肯定是挂着那张同六年前那时一模一样的笑脸，再普通再正常不过，就这么把常人难以启齿的话说出了口。没有一点恶意,不带一分坏心,既没想伤害谁,也没想侮辱谁,甚至没想过博士竟在上面耗费了三十年光阴。

想必她是满不在乎地将卿壹郎博士——

践踏了一番。

"没办法嘛。因为小直没有提过博士在那种研究上花了一辈子啊。小直人好坏的,阿伊也这么觉得吧?"

"哼,那个年轻人也可恶得很。"即便对象是自己的后援——玖渚机关的人,博士仍然恶言相向,"真是——兄妹一起蹂躏我,我现在还会梦见那天的事啊!"

我顺便转身小声问玖渚那天直先生说了什么,玖渚先是"嗯……"地想了想,然后学着直先生的语气——

"'请您放心吧,博士,您不必在意舍妹说的话,只需继续自己的研究便好。'"

这样答道。

"这不是很正常吗?"

"很正常吧?博士到底哪里不满意呢……"玖渚歪着头纳闷儿,"可能是后面那句'毕竟不能让那高贵的妹妹,不能让玖渚本家直系后裔干这种杂活吧',不会吧?"

"就是它了。"

虽然我全无意愿帮卿壹郎博士说话,可在自己的地盘被这对岂有此理的兄妹跑来搅得一团糟,谁心里都不会舒服的。

"但这都是过去的事了嘛,博士。"玖渚转身再次面向他,

"再说不过是小女孩说了句话嘛，何必当真呀。"

"'小'也好，'女孩'也好，才能都是才能。玖渚大小姐也这样认为吧？"

"所以说……这次不是过来跟您叙旧的。虽然没有轻视博士的意思，但是，能不能让对话更有内容一些呢？博士的态度一点也不像要谈判的样子呀。"

"你才是吧，你真的打算谈判吗？玖渚大小姐，无论如何，你都打算从我这里夺走兔吊木垓辅的吧？"

"夺走这个词听起来很刺耳呢。"

"但玖渚大小姐要做的事就是如此，从我的这间研究所里带走一名我的所员。"

"……"

"那人我不会交给你的。"

博士斩钉截铁地说。

"无论发生什么——即使对手是大小姐，我也不打算将兔吊木垓辅拱手让人。我一点都不想跟你谈，我不会改变主意——兔吊木垓辅也不会改变主意。"

"问题就在这里。"

玖渚缓慢地耸了耸肩。

"就是这个问题啊，小细是个绝对不会改变自己意愿的人，从他还在'Team'时期就是最不好驾驭的那个，可以操纵却无法驾驭，那就是'害恶细菌'的由来。'Team'里唯一不好管理的人就是小细,而竟然能随心所欲操纵这样的小细,博士你到底用了什么手段?"

"没有啊,他只是跟我投缘罢了,只是研究上兴趣相投,所以一起合作。"

很明显他是睁着眼睛说瞎话,只要回想刚才和兔吊木对话的内容便不言自明。然而现在这种局面的成因,表面上就是如此吧。

"这次本想进行人与人之间的交谈,看来是过于乐观了。"

"人与人?"博士语带讽刺,"想进行'人与人'的对话,首先交谈对象得是人类吧,怪物小姐?"

"阿伊!"

玖渚吼道。

不是对卿壹郎博士,而是对我。

对着几乎就要从座位上站起来的我。

"你不要动啊,不可以动哦。"

"……"

"在这里闹事没有意义的啊,现在还在谈判呢。"

"……"

"阿伊。"

"OK……"

"……"

"我都说OK啦。"

"……"

"所以说OK啦，我明白的。"

我重新坐下，舒展紧握的拳头，想让心里好过一点，我于是瞪着博士，对方却不屑一顾，从鼻子里哼了一声。

"原来如此。玖渚大小姐说得没错，本以为是个孬种，看来并非如此。"

"是啊……"

"小鬼，我不把玖渚大小姐视为人类，好像让你很激动，但你们那边还不是一样没把我当作人类！小子，你能体会到吗？被这种黄毛丫头轻视的老人的心情。"

"那种事，怎么可能理解。"我烦躁地回答，这是不同于面对兔吊木时的烦躁，"'你能体会到我的心情吗？'这种幼稚的台词，完全不想从年长者那里听到。"

"我看你体会不到，就是，你怎么会懂？你旁边那位大小姐拥有的是何等'才能'，你连一根头发丝都不懂。"

"……"

"听着，小鬼，其实我还有点羡慕你。"博士稍稍收起语气中的敌意，"不，和羡慕有点区别。没错，在我看来，你可是满不在乎地完成了一件惊天动地的伟绩，那就是陪在玖渚友身边。"

"伟绩……"

"就是伟绩，你不妨引以为豪。我在成为'堕落三昧'之前也是普通人，当然有评鉴的眼光。我承认那名少女是脱离常识的天才，她的天才远远凌驾于曾经得到过同样赞誉的本人——斜道卿壹郎之上，我是绝对认可的。然而即使如此，我也绝不会希求傍之身侧的。"

"……"

"毕竟我实在忍不了，无论如何也忍不了，陪着怪物还不如死了轻松。"

"请您适可……"

"我可不会让你说出自己在她身边'一点也不觉得自卑'这样的话，小鬼。"卿壹郎博士说，"从刚才的反应来看，你可不是那种不会从玖渚友那里受到任何影响，没心没肺活下去的白痴。"

"您和兔吊木先生说的话很像呢。"

虽然指向完全相反。

"害恶细菌"将"死线之蓝"奉若神祇。

"堕落三昧"则惧怕名为"蓝色学者"的怪物。

即便向量相反，两人所说却是同一件事。他们对将我定义为"无药可救的愚者"有了共识。

但是——

"这种话我已经听腻了，每个人都是这套陈词滥调烦死人了。就像坏掉的录音带一样，难看死了。你们这种只会拿自己的尺度对别人横加揣测的——"

"博士。"

玖渚打断了我的话，中途打断别人说话的行为，以玖渚而言是很稀奇的，况且她打断的还是我。

"博士，够了吧！才能、天才这些东西，整天絮絮叨叨，其实都无所谓啊，观点碰撞、思想对决太麻烦，已经够了，交给文科的那些哲学家去纠结不好吗？理学博士先生？说实话，博士脑袋里没有半点才华，虽然可怜，但是请你不要怪到别人头上。玖渚友不需要对你的无能负哪怕一丁点责任。"

"什——"

玖渚语气中故意惹恼对方的成分实在太浓，只见博士的脸涨得通红，我也吃了一惊。我第一次见到玖渚这样露骨地挑衅别人。

"就是这样吧？你会把小细关在这里，就是因为靠自己无法成事，才要借助小细的力量不是吗？虽然不知道你是怎么怀柔、笼络……威胁小细的，但是能不能请你不要再做侵占别人成果的行为呢？不，其实这也无所谓。你这个人怎样根本无所谓，从心底到脸面，无论哪个部分都无关紧要。博士想将何物引以为豪，想拿什么东西摆架子，到头来都不关玖渚友的事。所以接下来要说的只有这一句。"

玖渚友说——

"把小细还来。"

"……"

"那是我的东西啊。"

"……"

"我的东西就要放在我手边。至少，被你这种人占有让我很不愉快。"

"你这叫自以为是。"博士过了半晌才勉强出声反驳，面对"死线之蓝"进行反驳，"那不是你舍弃的吗？捡起来别人的丢弃品，有什么错？"

"舍弃了也一样。我的东西就算扔了也是我的，我扔掉的被人捡走了，我不高兴。哎，博士，'死线之蓝'是非常非常贪婪的啊，你连这点小事都不知道吗？"

"我不会把那个交出去的。"

博士再次重申道。

即便玖渚稍事恐吓就让他面露惧色，他却仍然坚持。

"就算你给我磕头也没用，那是——那是我至今唯一的优势。我斜道卿壹郎对大小姐唯一的……即便只有这一个，即便是借来的长处，却也赢过你了，怎么可能拱手相让！"

"无聊。结果还是嫉妒？"

"嫉妒——你要这样想我也没办法，但是别太小看我，等你知道我在做什么……这次，这次就算是你，也要让你大吃一惊。"

"哼，按这里的人员构成，看来这次三小时做不完——毕竟有小细在嘛。"

"谈判破裂了。"

博士和玖渚拉开距离，坐在附近一把椅子上。

"或者说没有谈判的余地了吧。双方就这样彻底对立，哪有什么和解可言？"

"哎呀，还是不要妄下结论吧。对不起，也许是有点感情用事。"玖渚粲然一笑，伸出双手给卿壹郎博士展示自己的掌心，"人家会好好道歉的。博士今天好像很忙，等明天冷静下来再继续谈吧，还有各种特产带给你呢。"

"是啊。明天见吗？"博士像是略有所思的嗤笑，"虽然不知道你有什么底牌，在我看来就是垂死挣扎。正如你所说——兔吊木垓辅绝对不会改变自己的意愿，即便那是不可撼动的意志也一样。"

"也许吧……"

"宿舍在林子里，对玖渚大小姐来说可能有点脏，姑且忍耐一下，深山老林嘛，志人会带你们去的。志人在一楼大厅里，只管去找他吧。那么明天见了——玖渚大小姐。"

卿壹郎博士言罢便跟椅子一起背转过去，浑身都散发出今天不会再跟我们谈话的气场。

"嗯，明天见。"

玖渚说完起身，牵过我的手。

"走啦，阿伊，他说小志在一楼呢。"

"嗯……知道了。"

我顺从地站起来，手被玖渚拉着，留下卿壹郎博士一个人，离开了房间。

玖渚友与斜道卿壹郎——

这两人表面上无甚联系，却又意外有着不解之缘，根本不是"无关紧要"。不，也许只是看上去有很深的缘分，毕竟我是站在自己或卿壹郎博士的立场观测而已,也许玖渚本人什么都没想过。而这种毫不在意,反过来又会刺伤卿壹郎博士的自尊。

不是不能理解。

尽管不愿理解。

遗憾的是——这不仅对斜道卿壹郎,对玖渚友也是同样——他们的对立完全没有意义。双方的对立虽然确凿无误,齿轮却全没有咬合在一起。这才像是让鸭川和比叡山一决胜负。看他们的架势,无论谈判还是和解,根本都不存在吧。

才能与年龄和性别无关——

博士这话确有言外之意。

"话说……总觉得……"

"害恶细菌"兔吊木垓辅。

"堕落三昧"斜道卿壹郎。

"死线之蓝"玖渚友。

超脱常识——借博士的话说,三个超脱常识的怪物天才,正在此地云集。

老实说,我根本听不懂他们任何一个人说的。也许这种"放弃理解"正是得到斜道卿壹郎博士"羡慕"的因素,我想是这样的,脑子好使也有其不幸之处,也许会看到没必要看到的东西,听到没必要听到的声音,原本不必知晓的滋味、不必察觉的气味都会一并了解,要是做厨师的话,倒也无可厚非。

"……"

脑子好使的人都该去当厨子。

嗯，这句话的内涵比卿壹郎博士那句有过之而无不及，我心里想着，同时追忆起在岛上遇见的那位厨师。

我们穿过走廊，迎来之前那间吸烟室，发现宇濑美幸小姐正孤零零地坐在里面。

"啊，美幸，"玖渚率先和她搭话，"我们跟博士见过面啦，你是不是早点回去比较好呀？"

"那真是多谢了……"

美幸小姐把手上大概吸了一半的ECHO牌[1]烟头按在烟灰缸里，站起身来，一言不发地从我们身边经过，又像突然想起什么似的——

"啊，关于铃无小姐……"她转身开口，"我之前按照吩咐为她引路，但途中碰到春日井博士和三好博士，她们似乎一拍即合，如今正在二楼的吸烟室相谈甚欢。我想她还没有离开，若您要找她，可以往那里去。"

"那真是多谢了。"

玖渚以同样的话回复。

美幸小姐道过一声别正欲离去，我在背后叫住她。

"那个，我有个问题想请教您，可以吗？"

"请说。"

"您是为何，基于什么样的理由在此地工作呢？"

---

1 ECHO牌是日本香烟品牌，曾一度成为日本最廉价的香烟。——译者注

"……"

不久之前也问过志人君一样的问题,最终他以"你这样的人不会懂"为由拒绝答复,那么她又如何——

"我个人奉行无见解主义。"

美幸小姐干脆地回答。

"……"

"若您没有别的事了,请允许我先行告退。"

"嗯……不好意思,把您叫住。"

她表面上没有一丝笑容,迈着高傲的步子向博士那间屋子走去,脚下几乎没有迟疑,也许她早已见惯了我们这种访客,担当"堕落三昧"的秘书,想来她的日常生活免不了不为人知的劳苦。基于这点,她跟我也许能意气相投,但从刚才的对话看,我们似乎不太合得来。

"她说音音在二楼哦,阿伊。"

"是吗?那,我们走吧。"

我尽可能若无其事地点点头,途经吸烟室,前往电梯间,按过下行键,走进电梯。

"不过……说是明天见啊。"默不作声也有些尴尬,我直接道出心中的想法,"看他那个态度,无论怎么谈判,就算明天后天都去谈判,只要老头子没有突然痴呆,都不会出结果的吧。"

"啊……嗯……这个嘛,嗯,人家想了很多,到了宿舍再详说吧,在这里说不知道会被谁偷听,再说现在还有点理不清。比起这个，阿伊，"玖渚的目光转向我，"可以抱抱吗？"

"我没听错吧？"

玖渚突如其来的要求使我顿时不知所措，只好嬉皮笑脸地回应她："迄今为止你可从来没问过，明明都是随心所欲，想抱就抱的啊。"

"嗯……没有原因，人家就是临时起意嘛。"

"原来如此，恋爱喜剧模式啊。"

"对的。"玖渚露出天真无邪的微笑，"那，可以吗？只到出电梯之前也行，拜托你啦。"

"我不介意啊。充电是吧？"

玖渚应了一声，手臂环绕过我的躯体。

然后她紧紧地把身体整个贴上来，脸埋进我的胸口，手上力道毫不放松。不过玖渚的胳膊很细，我并没有感到痛苦。

一点都不痛苦。

一点都不痛苦。

"……"

这是许久没有造访的，只属于我与玖渚的二人时光，这是一段让人甘愿为其舍弃一切的、无可替代的时光。

"这或许也是戏言吧……"

被玖渚环抱的我如此思考。

玖渚究竟和兔吊木聊了什么，作为许久未见的前"Team"同僚，二人究竟有过什么样的对话。

我不知道，我不可能知道。

首先我不是天才，而玖渚友和兔吊木垓辅，却是能够相互理解的天才。毕竟他们是比斜道卿壹郎博士还要更加、更加堕落，堕落到底的两个天才啊。

然而——

我虽完全无法想象兔吊木和玖渚谈了什么，但兔吊木与我交谈的内容，不仅只是最后一个问题，我全部都记得。兔吊木那让人厌恶的，全方面全方位都惹人生厌的，令人极度不快的质问攻势，我一个不落地记得清清楚楚。

扼杀戏言的提问。

"……"

电梯停了，看来已经抵达二楼，但玖渚毫无要放开我的迹象。而我一句话都没说，也没打算把玖渚从身上剥下来。我怎么可能做得出这种事，我怎么可能做得到这种事。

电梯门开了又关，我们也保持这样，度过了一段时光，度过了我们自己的时光。

玖渚的手掌贴在我的背上，玖渚的手臂环抱着我的身体，玖渚的脸埋在我胸口，低头就能看到她那一头蓝发。

然后——

然后，没有浪费一个字节，没有一比特是多余的小巧头颅，那里面是只为构建终极之美而生的大脑回路。

强大到如同配备了究极内存的记忆力——兔吊木的称赞。可是，这个比喻有些微小的谬误，恐怕兔吊木本人也有了解。

玖渚友的——不，装配在"死线之蓝"脑神经内的是ROM而非RAM[1]。正因如此她记住的东西才绝对不会遗忘，也不会被覆写。这些资料被竭尽全力地塞进玖渚友的脑袋，然后在那里形成永远的环，化作部分等同于全体的无限集合。

她的能力并非记住。

而是忘不掉。

想来会有无数的人曾将玖渚友比喻为"机械"，但又有几个人是这么想的呢？嘴上这样说，心里不还是残存着诸如"大家不过都是人类"的念头吗？而这其实也毫无根据或论据，不过是乐观臆测。因为若不这样想，他们自己就太过可悲了。

然而兔吊木似乎很确信，把玖渚友喻为"装置（device）"的兔吊木垓辅——"害恶细菌"似乎就是如此深信不疑的。而我也认为他所言非虚，虽然真相如何不是戏言玩家能断定的，但我认为事实就是如此。

是故——是故。

所以玖渚决不会忘记。

根本没有忘记，绝不可能忘记。

六年前她是怎样被我欺骗，被我唬得历经何等悲惨，被我害得陷入何种境地——她绝对不会忘记，即便玖渚本人想忘也忘不了。

1　ROM是随机存取存储器，可以随便储存、读取数据；RAM是只读存储器，只能读取无法写入。——译者注

忘不了我是何等罪孽深重，浑身上下都背负着惩罚的人。

无法忘记。

永远记着。

而她仍会这样拥抱我。

她饶恕这一切。

就像原谅幼子的母亲。

就像被宠物狗咬了手的饲主。

就像宽容的女神。

她饶恕这一切。

"真好笑。"

我滑稽地低声细语，没有露出一丝笑容。

兔吊木问我，拥有玖渚友是什么感觉。

卿壹郎博士问我，站在玖渚友身边是什么感觉。

这些问题我自然答不上来，因为我既未曾拥有过玖渚友，也从未站在她的身边。

最终即便是我，也不过与兔吊木垓辅一样，与绫南豹一样，与日中凉一样，与其他"Team"的成员一样——不过是玖渚友的所有物。

被拥有的人是我。

只不过被拥有的方式与兔吊木他们不同，被拥有的方式，比兔吊木他们的更加残忍，不过如此罢了。

"……"

被拥有的东西，怎么可能和所有者并肩前行啊。

"嗯，充电结束啦。走吧，阿伊。"

"是啊。"

我坦然地回答。

足够坦然。

"也不能让志人君久等。"

"是呀，啊哈哈。"玖渚按下"开门"按钮，"不过，明明音音说过自己和研究所里的人谈不来，怎么又和心视她们聊上的啊？"

"谁知道呢，我也不懂。"走出电梯，我态度很差地回答，"可能有什么双方都感兴趣的话题吧？"

3

"哎呀，什么ER3系统，名头叫得响，其实就是个学校，每年都有类似晋级考试的东西，要是合格不了就会被强制退学，差不多就这样吧。"

快活又朝气蓬勃的女声。

"哦，"这是铃无小姐给的反应，"这样的话伊字诀也当然得考试吧。"

"对的对的，就是这样。你要问考试内容，那可烦死人啦，所有学科加起来出一百道题，顺序还要打乱，可是时间只给六十分钟，然后六十分及格。只听及格标准可能会觉得简单，但是有一百道题，而且还有道想破脑袋也不可能一分钟解出的难题哦。"

"哈哈，我知道怎么回事啦。"根尾先生装模作样的声音响起，"也就是这样吧，在有限的时间内能找出多少'会做的题'吧？考查考生的'观察力'和'判断力'。哼哼，这是日本完全不会考虑的形式，不愧是ER系统。"

"对对对，就是这么回事，所以六十分根本不是最低标准，都相当于满分啦。这一百题里混杂了很多按理说绝对解不出来的难题，绝对答不到一百分。"

"好阴险的考题啊。"铃无小姐说道，"倒不如说，出题老师心眼真坏呢。"

"是啊——在不合格就要处以强制退学的严格惩罚的条件下，还出这样超高难度的考题，咱是干不出来的，不过那边的老师里有很多怪人。好啦，所以各位猜猜，那个戏言玩家是怎么答的？"

"按这论调，是那个吧，答了满分的那种。"根尾先生的声音，"在绝对拿不到满分的考试里考出满分，那个少年很有可能做出这种事哦。"

"不，也许吃了零蛋。"铃无小姐的声音，"故意反抗，硬是跟出题老师对着干，最后交张白卷什么的。"

"哼哼，不错不错。那，神足觉得呢？"

"不知道。"神足先生简短地回答，"但硬要想个结尾的话，他大概是只答对了'绝对答不上来的难题'中最难的一道，剩下全都答错的那种人吧。"

"嗯……哎呀，诸位，虽然三个人三种答案，但是想不到吧，你们全都答对啰！""啪"的一下拍桌子的声音，好似说书人拍响惊堂木，"根尾先生方才说是'考验观察力和判断力'的测试，实际上还有一点，这也是考验'洞察力'的测试啊。那个男生，就像神足说的一样，只解了最难的题，剩下九十九道全部交了白卷。"

"……"

"……"

"……"

"诸位莫要惊讶，那才是'出题人'期望的'满分'啊。那位老师原本就决定，只要有学生能解出最难的那道题，其他答案无论对错都允许该生晋级。其他答案无关紧要——也就是一开始就没必要作答，这题都会了其他怎么可能不会的意思，所以只要解出那道题就成。那家伙就是看透了这点，没有耗费多余的精力，把六十分钟全花在那一道题上了。"

耗费最少劳力得到最大结果——

那就是老师期望的解答。

"原来如此。这就像禅僧问答嘛，的确比找六十道会做的题有效率多了。所以我和神足兄才都答对了啊——虽说要有洞察力，可要是没有强烈的自信，也做不出这种行为。尽管'揣测出题人的意图'是考试的基础，哎呀，真是了不起的少年。"根尾先生的声音响起，"可是这位美丽小姐的答案呢？"

"嗯。这才是那个戏言玩家最为意想不到之处。"说到这里她稍微停顿了一会儿，"他信心十足交出去的那题，结果竟然答错啦。"

然后她一个人笑得前仰后合。

一点没变，一点也没变，着实一点没变，浑身上下尽其所有全然不见改变，打从ER系统时代，打从天天欺负我到全无还手之力的那时起，三好心视女士——非也，心视老师就一点儿没变啊。

"哎呀，虽说最后还是肯定了他的洞察力，准许他升级啦——毕竟要问除了他还有谁能干出这种离谱事儿，也就只有一个——"

"心视老师。"

抢在她多嘴说出不必要信息之前，我从走廊的阴影处步入吸烟室。只见房间深处，身材高挑浑身漆黑的铃无小姐坐在右边，根尾古新先生那沉重的肉体则坐镇左侧，他面前是被长发遮了一半身姿的神足雏善先生。而我的右前方——正是三好心视老师。

剪得短短的金发，眼镜镜片大得过头，和铃无小姐无法相比的娇小躯体，披着一件尺寸略宽的白大褂，那模样不禁让人联想起过家家扮医生的初中女孩。不过原本，她的中学时代便与这种游戏无缘，毕竟她是在小学高年级阶段就已取得动物解剖学博士学位的人物——

三好心视。

名字叫"心视"，专业（以及嗜好和兴趣）却完全相反，是彻底解剖并分析探究生物肉体的领域。她曾凭借这项权威在超强研究机关"ER3计划"系统中执教,现在则任"堕落三昧"卿壹郎研究所三栋之长,同时也是准所长。

二把手

然后——然后,她还曾是我的恩师。

当然,这么说是建立在我不得不把所有"曾受过对方教导"的对象定义为恩师的基础上。

"嘿嘿。"

心视老师露出孩子气的坏笑,与其二十八岁的年龄毫不相称。不对,因为已经过去三年,她现在该三十多了,可那张全然不施脂粉的脸上浮现出的表情却仿佛妙龄的少女。

Monkey Talk

"哟,戏言玩家,真是意想不到的重逢呀。"心视老师对我摆出"胜利"的手势,"咋啦咋啦?表情这么诡异,好像生下来第一次见到海带胀开似的。怎么样?那之后可还精神啊?徒儿?"

"至少直到刚才为止都还精神。是啊——的确是意想不到的重逢,恩师。"我这样说着的同时,感觉自己的目光在自然而然地逃离心视老师,"老师您才是看起来很精神,而且还健壮,还是那副老样子,一点也没有变,确确实实,怎么说呢,我打从心底里觉得……真是糟糕透了。"

前往这里的路上,自从我得知兔吊木被关在"堕落三昧"卿壹郎研究所里,自从我在小豹发来的资料中看到"三好心视"这个名字,一直盘旋在我心头的不祥预感,如今在此完美料中。"只是同名同姓"的美好愿望消逝在虚空之中。

171

"正在跟铃无小姐讲你当年的光辉事迹呢。比如你那爆笑人生,以及你是个多么有趣的家伙,以及你干的那事……咱都听说啦。"老师从沙发上站起来,嘴里叼着烟,说话却丝毫不受影响。

"听说你中途退出啦?多么浪费!你脑袋里装的都是啥呀?"

"老师您不也离开了吗?所以才会在这里,才会出现在这种地方不是吗?"

"哎哟,听起来你很不想在这里看到咱嘛。"老师嘿嘿笑着,很自来熟地揽上我的肩膀,"但咱不是自己想走的呀,只是被开除了而已。"

"我记得那里的工作是绝不可能活着被开除的吧……"

然而这个人。

可是能把不可能变成可能的人啊。

"哎呀,现在想来也挺可惜的,大概吧。虽然是听说的,你看,机构里最顶端的那个'七愚人',好像不知是死了还是缺了一个呀,咱要是当初留在机构里没准就能顶替了呢。"

"没戏吧,毕竟候补人选有很多。"我若无其事地跟着她闲聊,"听传闻好像下一任也是日本人吧?叫Saitou什么的……名字有点奇怪。"

"开玩笑嘛。你也不是死脑筋,怎么玩笑都听不懂呢?像咱这样平平无奇的大姐怎么可能当上'七愚人'嘛。"老师嘿嘿笑着,连连拍打我的背,"嗯,看来你还是老样子,咱蛮开心的。"

"……"

"哎呀，不过啊——话又说回来，真是令人惊讶。"根尾先生对着正被心视老师绑架的我快活地说，"虽然之前就觉着你不是一般人，没想到你还在ER3系统留过学啊。是吧？神足兄，跟我说的一样吧？"

"你什么都没说过。"

神足先生的回答很冷淡，他抱着手臂散发出"我就是个陪同的，好想回自己那栋楼"的意念。可是尽管他这样冷漠生硬，在这堆人里却最让我亲切，这是为什么呢？

"老兄，你性格好差哦。这件事最好还是瞒着大垣君吧，他本来想报名ER3系统，最后却没去成，好像是被博士拦下的？"根尾先生坏笑着，"不过呢，你为什么退出ER计划啊？说到ER3系统，可是我们这些搞学问的人憧憬的象征啊。"

"……"

所谓ER3系统。

本部设在美国得克萨斯州的休斯敦，论起来是家私营研究机关。这样一看，与"堕落三昧"斜道卿壹郎研究所倒能分进同一类别，但规模完全不在一个档次。跟那边比起来，虽然这么说对不住卿壹郎博士，眼前这座乡下研究所可有可无，无甚区别。那里宛如博物馆，又像无视人间法度的搜集家一样四处搜刮人才，并日日夜夜将其研究做到极致，不仅是"科学教派"性质的团体组织，还是存在某种狂热信仰的集团组织——那就是ER3系统。

而这家终极研究机关实行的新血培育制度便是ER计划。简单直白地说，就像是研究所附属学校一样的东西。详细经过和其他内容在此省略，总之我自初二开始便参与其中，今年一月中途退出重返日本，然后一直到现在。而在这五年中最初的两年，我师从眼前这位变态解剖狂——三好心视老师。

关于她到底是何种性格，又拥有怎样的过往，老实说，我尽可能不想说明。方才她在这里和铃无小姐大谈特谈的那些英雄事迹，那场恶趣味到极点的考试的出题者正是心视老师本人，我想足以说明这位老师的品性了。

所以当时听说心视老师要离开ER系统返回日本时，我高兴得拍手称快。和我一样遭受心视老师教导的所有学生当晚借研究所的教室开了一场盛大的派对，因为我对花天酒地没有兴趣，原本坚决回绝此类邀请，唯独这次我也出席了，不仅如此，为了庆祝心视老师离职，我还当场一口气喝光了一瓶伏特加。

后来心视老师来探望因为急性酒精中毒而被送进校医院的我时，说道"反正还要见面的，到时候咱们再好好玩啊"。留下这句不祥的预言，以及明明没有骨折却浑身被油性马克笔涂鸦的我（犯人是谁自然不必说），她便离开了病房和北美大陆。

然后预言在此地应验了。

"哎呀——当时虽然那么说，可没想到能再见着你呀，为师很是开心！真的很开心！太感动啦！"

"嗯，我也是，开心得眼泪都要下来了。"

后半句话所言非虚，全身的旧伤都开始隐隐作痛，现在我是真的想哭。我挥开老师的手，然后对铃无小姐说："好了，走吧。"

"志人君在下面该等着急了，动作再不快点又要被他唠叨的。"

"是啊。"铃无小姐点点头，支起那修长的双腿站起来，"那么三好小姐，谢谢你有趣的故事，非常值得参考。"

"没啥没啥，你爱听咱随时可以再讲，咱一般都在三栋，逗留这几天有啥事尽管来呀，热烈欢迎。"心视老师笑得落落大方，"还有你啊，你也尽管像以前一样来找老师谈心啊。"

"不必了！"我马上回答，"再说您工作也忙。"

"'工作'啊……"老师嘴边泛起冷笑。啊啊，就是这个笑容，就是这种心里盘算着"好啦，现在该从哪儿下刀呢"的笑容。

"不过嘛——要是这玩意儿也能叫'工作'，你们不觉得人生未免太简单了吗？嗯？"

"……"

"算啦，估计你攒了一肚子话要说，就留着下次咱们单独见面再慢慢聊吧。"

"一肚子话？怎么会呢，没有那种东西。"我学着玖渚的语气转向老师，"我对您可没什么话要说。"

"那咱可太寂寞了，首先你这得是真心话。"

老师丝毫不为所动，脸上还是笑嘻嘻的。

"那，咱们也走吧，神足兄，不然一会儿又该挨博士骂啦。"

"被骂的只有你。"

根尾先生出言催促，神足先生简短地作答，两人一起走出吸烟室，从我身边擦过。根尾先生毕恭毕敬地向大家行了礼，神足先生则毫无反应。虽然一再提及，这二位的反差实在是鲜明，而且关系既算不上好也谈不上差。

我此时想起兔吊木的话。

"那个，神足先生……"

"干吗？"他似乎很嫌弃地转过来，"有什么事儿？"

"头发剪一剪比较好哦。"

"……"

神足先生简直像听到暗号一样顿了片刻，沉默良久才开口说"少管闲事"，无情剪断了我丢出的话题，然后他就和根尾先生肩并肩往电梯走了。

"行，那咱也走了，让春日井等太久也不好。"

春日井小姐——对了，之前美幸小姐说的是"铃无小姐和三好博士、春日井博士在聊天"，可这里只有老师，凹凸二人组估计是中途路过来参了一脚，那么春日井小姐哪去了呢？

似乎通过表情看穿了我的心思，老师说道。

"春日井说'这种莫名其妙的小鬼的故事太无聊了'，我去三楼了哦。"

嗯，虽然还不知道长相，但从行动上看，春日井小姐是神经比较正常的人。虽然尚不知情，姑且如此期待吧。

"那，下回碰上再一块喝酒吧，走啦拜拜！"

老师就这么走了，吸烟室只剩下我和铃无小姐。只见铃无小姐终于摁灭了她那根抽得只剩滤嘴的烟，然后开口唤我"伊字诀"。

"和兔吊木氏见面还顺利吗？"

"虽然不能说顺利，不过大致和铃无小姐预测的一样，没有什么大碍。"

"是吗？"她点点头，"这着实普天同庆，甚好甚好。欤，我也逛得挺过瘾，虽说拿美幸的冷淡没法子。"

"她那怎么能叫冷淡呢，冷淡听了会哭的。所以，怎么样？参观'堕落三昧'以后的感想……"

"怎么样……没太看明白吧，不过正因看不明白才有意思。怎么说呢，好像去国外旅游一样。欤，伊字诀，"铃无小姐开腔，"那个……蓝蓝还有兔吊木氏，他们真的比斜道卿壹郎博士聪明吗？就算你问我逛了一圈的感想，我只能说难以想象呢。"

"不要以貌取人——虽然对您说教有点班门弄斧。"我耸耸肩，"好了，有些事其实很模糊的，头脑好不好没法量化成数值的呀，这倒跟刚才聊到的考试无关。"

"要说有问题的话……也就是时代不同吧。"

铃无小姐低声以一种近乎确信的语气说。

斜道卿壹郎——六十三岁。

兔吊木垓辅——三十五岁。

然后是玖渚友——十九岁。

将三人的全盛期拉出来互相比较没什么意义吧，原本他们就活在不同的时代，而且最后一个玖渚友，正常来说，她如今还处于成长期。

虽说对玖渚而言存不存在"成长"是另一个问题。

"你不觉得时代的差异比才能的优劣更有决定性吗？伊字诀。"铃无小姐继续说，"结果啊——要看生活在什么时代的话，博士、兔吊木氏、蓝蓝他们三个里，最占便宜的就是蓝蓝了吧。因为到处都是前人弄好的工具和流程，就和猜拳晚出的人容易赢是一个道理。"

不得不自力开辟全新道路的人和只需对道路进行铺装的人，谁比较轻松，谁又更能做出成果，几乎不用犹豫。无论何事，后发者更占优势都理所当然——这说法确实有其道理，可以成立。

然而——

"我觉得没那么简单吧……"至少刚才听了那两人对话，让我很难这样想，也许这是一部分的真相，却也不能以偏概全，"话说，那三个人之间的问题，不是我们这种凡夫俗子能想明白的吧！我觉得别想得太深才是对自己好。"

"也许吧，所以伊字诀啊，蓝蓝呢？一直没看到，你把她藏口袋里了吗？"

"啊啊……我先把她送到楼下了，再说一直让志人君等着也不好。"

"哼……'送到'！"铃无小姐意味深长地重复我的话，"也就是说你不惜做到这个份上，不惜把自己宝贝得不得了的蓝蓝暂时交托给志人君，也不想让她知道自己的过去！"

"您在说什么呢，铃无小姐。"我迈开步子，半开玩笑地回答，"玖渚都知道啊，我参加ER计划，和ER3系统有关这些事她都知道。再说本来就是玖渚的哥哥介绍我去的，知道也很正常吧？"

"但你在那边具体干了些什么勾当，全都瞒着蓝蓝！"

她的语气不容置辩，我停下脚步。

"您听老师说了什么吗？"

"对，我听了……要这么说，话就好讲多了吧。"铃无小姐走到我的身边，但她没有看我，只盯着前面，"很可惜，和三好小姐只聊了闲话。她在这方面还是分得很清楚嘛，看起来口风很松，重要内容都含糊其辞，那种神游天外的性格硬要说起来不过是伪装。你的恩师挺厉害嘛，伊字诀。"

"那真是多谢您。"我强行装傻说道，"承蒙褒奖，鄙人嬉叹难抑也。"

"没有夸你！虽然本小姐什么都没听说，不过伊字诀，你有事不想被人打听吧？不想告诉蓝蓝，而且可以的话连我也不想说。你一直瞒着那位老师的事，就是很好的证据。"

"讨厌啦，都说我只是一不留神忘了嘛。您这样证据不足的。"

"也许有的人觉得，像你这样隐瞒过去经历或者故弄玄虚很酷，但至少本小姐觉得很蠢。"

"我没打算耍酷啊。"

"是啊,我看也是,所以我现在不会问。你的心情可以理解,而且再怎么说,就算对方是蓝蓝,本小姐也认为没必要什么都告诉她。无论是谁,你也好本小姐也罢,就算浅野也一样,总有那么些被别人知道就活不下去的过往。你不特殊,你根本没什么特殊的,所以——"

铃无小姐迈出一步,走到我的前方。

"不要再辜负自己珍视的东西了。"

"……"

辜负,背叛。

"铃无小姐……"

"这次的说教暂且到此为止,等有机会再后续吧。"铃无小姐转身敲了敲我的头,"好啦,赶快下楼去吧,志人君和蓝蓝要等急了。"

"是啊……"

我缓缓点头。

然后再次迈开脚步,同时心里想着,这次旅行有铃无小姐陪同真是太好了。

我们乘电梯到达一楼,看我出现,志人君便突然怒吼起来。

"慢死了你们!你俩是一块坐乌龟来的吗!以为我是龙宫公主吗!小心我送你们玉手箱[1]!"

---

[1] 出自日本传说《浦岛太郎》。——译者注

"就是啊，阿伊，"仅限此次，就连玖渚也表示赞同，"好慢好慢哦，人家等得累死啦。"

"抱歉啦。"我简短地致歉，"那么志人君，宿舍怎么走？"

"哼，让别人等那么久，居然一句抱歉就想了事。啊，我也没去过几回啦，因为只有客人来了才要带路，好像就林子里头吧，靠边上那块儿，我们管它叫'鬼屋'。"志人君说着很不吉利的话，把钥匙丢给我，"拿着，这是房间钥匙，姑且准备了三间，随你们怎么用吧。"

"谢啦，那我洗好澡等你。"

"哦，那我做完工作会马上过去的，你先做好准备等我——怎么可能啊！"志人君怒吼，"适可而止懂吗！别把我耍着玩！弄死你啊！"

"而且阿伊，刚才那个好低级哦……"

"太差劲了……"

我沐浴在三个人冰冷的目光里。

明明我好心好意帮着炒热气氛，什么态度嘛。

"唉，真是无可救药的白痴……行了，走吧。"

志人君按照步骤打开大楼的门，然后这次他横穿过砖块铺就的中庭，前往园区下方，方向与我们进入这里时通过的入口相反，也离兔吊木所在的七栋越来越远。

滴答。

水滴打在我鼻尖上，抬头一望，天空看起来泫然欲泣，想必在接下来几个小时内就会降下一场大雨。我没来由地想,如果那个"人间失格"在此,也许会把现在的天气评价为"人要将人,天要将天,雨滴要将雨滴切开的雾霭云霞"吧。

第一天（4）——微笑与夜袭

春日井春日 KASUGAI KASUGA 研究所职员

0

并非发生事件就叫悲剧
什么都没发生才是真正的悲剧

1

斜道卿壹郎博士所说的"对玖渚家小姐来说比较脏",大垣志人助手所言的"鬼屋",都没有丝毫夸张,也没有小题大做,甚至可以说,这些形容都已经非常客气了。

那栋建筑与其称之为宿舍,不如干脆叫它废弃大楼更形象一些。自建成以来便与养护维修四字无缘,以它为参照标本搞不好都能写出一篇报告来探讨混凝土的风化过程实录,而且又建在森林深处,理所当然会被当作恐惧的源头。这种宿舍,不闹鬼才比较稀奇。

话虽如此,我方阵营可是有铃无音音和玖渚友,这二位别说丝毫不为所动，甚至喜形于色，一脸的兴致勃勃。铃无小姐还一边酷酷地说"哎呀，很有特色嘛，拍照回去浅野会很开心吧"一边扯着犹犹豫豫的我的衣服，催促我快些进去。她的这种反应把志人君吓得不轻。

废弃大楼……该说是宿舍有三层，分给我们的是紧挨着二层楼梯口的三扇门后面的房间。从楼梯口向内延伸，玖渚住第一间，铃无小姐第二间，第三间归我。刚才见到的建筑外观，让我对内饰没抱什么期待，没想到内部还挺整洁。当然了，"整洁"只是相对外观而言。我百无聊赖地想着，如果能将那位极端洁癖的女仆小姐带来，想必她会卷起袖子大干一场，尽情释放平时积累的压力吧。

吃完迟来的晚饭，按顺序进浴室好好放松了一番（顺序是铃无小姐、玖渚再是我，而轮到我时浴缸里的热水几乎已经见底，都是玖渚闹的），接下来大约在子夜十二点，我们三人聚集到了玖渚的寝室。

玖渚在床上滚来滚去，铃无小姐背靠在墙壁上睡眼惺忪，我则倚着门专心思考——为何铃无小姐的睡衣是旗袍？

"嗯，嗯……"

已经不知第几次，玖渚哼哼起来。

"话说到底该怎么办呢……"

"你是指兔吊木吗？"

刚才吃晚餐的途中，以及铃无小姐入浴时都聊到过这个话题。虽然聊过，却理所当然似的没有得出结果。怎么可能会有结果，就像迄今为止讨论的一样——

"没办法吧?"

我继续着上次讨论时的观点。

"只有卿壹郎博士阻拦倒还好说——可那个兔吊木本人就没打算走,咱们又不能硬把他拖出去是吧?"

"是呀……所以才麻烦呢。啊,真是的,人家最不擅长的就是各种麻烦。"

"……"

兔吊木对玖渚好像说过。

——"我是以加入的形式跟卿壹郎博士合作,比起从前您做首领时,想起曾经身边还有'凶兽'和'二重世界'他们的日子,现在的职场简直就像是肥料堆。"

——"但那是因为您,以及他们几个的才能太过超然,此处也并非全无可取之处。我的想法会由卿壹郎博士进一步探究,这样不是很好吗?比起独自烦恼,当然是两人一起思考更好,这是显而易见的道理。"

再标准不过的答案。

甚至标准过头的答案。

标准到不太真实的答案。

"再说小细也不是会说那种话的人呀!他绝对隐瞒了很重要的事!"玖渚在床上一骨碌翻了个身,"虽然不知道具体是什么,但是小细绝对有隐瞒。"

"隐瞒啊……也就是卿壹郎博士的自信之源吧。他那坚定不移的自信心。"我接着进一步说道，"无论他隐瞒了什么，反正兔吊木都不打算离开那栋楼吧？退一亿步讲，就算咱们强行把兔吊木拖出来了，也得说服卿壹郎博士啊！就刚才聊天的情况，感觉不太可能。'顽固不化的老头'用来形容他简直完美契合，不是不太可能，而是根本就不可能。若只有一条不可能的条件，还能想点办法，但两个叠加在一起哦！这次就真的束手无策了。"

"不可能与不可能啊……嗯，关于卿壹郎博士……嗯，是啊，小细那边暂且不管，这次可是想好对策才来的呀，没想到博士还在恨人家，他好记仇哦。"

玖渚在床上慢吞吞地往前爬，与其说爬，她现在是仰面朝天，所以眼前的景象十分诡异。我还是第一次见到有人后背朝下爬行的。

她在自己行李里乱翻一通，然后拿出一个装着碟片的盒子丢给我，我用右手接住。接是接住了，但我又不是CD播放器，当然不可能读取其中内容。

"这是什么？"我问玖渚，"以我曾经在ER计划电子工学课上求学的见闻，好像是个圆形光盘。"

"嗯……倒不如说，要是连这都看不出来就糟糕啦。"

"CD-ROM？哼……这就是你刚才对博士说的'明天见'和'特产'？"

即是玖渚的底牌。

"正确地说那不是CD-ROM，嗯，不过，基本对了。非——常——对——"

只见玖渚双臂上下挥舞，貌似想让我把东西还她。我就用丢飞盘的手法把盒子扔了回去，结果玖渚没有伸手接，而是用脸。

"……"

"……"

"……"

"好痛！"

那肯定了。

"所以你是盘算着拿里面的东西交换兔吊木垓辅吧？兔吊木再怎么说也是前'Team'、前'集团'的成员，我不觉得那个博士会天真到同意拿700MB的数据换他的脑子啊。"

"数据不可以只看容量，要看质量的哦，阿伊。什么事都被数字蒙骗的话，可是要吃大亏的。别说700MB，仅仅凭着16字节的程序就让世界堕入黑暗之中的超强机械师，世上也是有的呀。"

"谁啊，'害恶细菌'吗？"

"小细再怎样也没那么狠毒啦，小细知道什么叫分寸，虽然只是知道而已，但他还是知道的。可是那个根本没想过什么叫分寸！那件事，不是'Team'的成员干的哦，做那件事的可以说是完全相反的另一个极端，是那个哦。"

玖渚的表情仅在这一瞬间变得很不安稳，就像她和兔吊木垓辅会面时，和斜道卿壹郎博士对峙时的脸色一样。

"那个已经不是黑客、坏客这种细枝末节的问题了。听好哦，阿伊，世上是存在的，存在着只凭一阵心血来潮，毫无理由，不过是一时兴起，不费吹灰之力，就能蹂躏整颗行星的人外生物。人类一方使用的任何理论、学说、战略、战术什么的，对他来说全都不值一提的非人类。世上是有着远远凌驾于'集团'之上的'个体'存在的啊——不对，是存在过的，那个叫'沙漠之狐'Desert Fox的——"

恍惚间我有种错觉，就像是冰冷的空气涌入室内。可玖渚在我清楚认知到那是错觉之前便说"算了，这种例外情况先放一边"，变回之前那种无忧无虑的表情和语调，捡起装着光碟的盒子。

"不过阿伊的担心无论哪边都是徒劳的。这张光盘的质量当然没得说，容量也很大哦。这个叫C3D，以拥有140G容量为豪的记忆体，好像目前还没有大批投入使用……不过只是时间的问题吧。总之，现在这里面塞得满满的都是数据，一个字节的空余都不剩，算上小豹和小恶帮忙的份。"

"你这段时间窝在家里干的'可疑工作'原来就是它啊！"我点点头，"原来如此……'王牌'啊，的确是不寻常，也许真的足以交换一个天才的头脑了。"

毕竟是由三个前"Team"成员从零开始做出来的艺术品。虽然我没有鉴赏的眼光，但要是让内行人瞧见了，要是让这家专门研究信息工程和数学的研究所里的人瞧见了，想必会不惜一切代价也要将"信息"弄到手吧，况且还是远超规格的超规格，直接就是140G这么大的天文数字。有了它，或许就连卿壹郎博士那坚固的心墙也能——

"那你还在困扰什么啊?既然有这样的东西,第一个问题不就相当于解决了吗?"

"嗯,阿伊和博士聊过,也知道吧,去见小细的时候,人家跟你提过吧?感觉博士越来越钻牛角尖。"

"好像是提过啊,你这么一说……"科学家的原罪、天性之类的,她确实提过,我一边回想起当时的内容一边加以回应,"然后呢?"

"所以就是这样啦,就是这么回事。"玖渚叹了口气,"人家也是粗心大意,虽然这样说有点迟,但其实人家很早就觉得奇怪了,斜道卿壹郎这样的人——不是讽刺哦,阿伊,十二岁那时的事就不提了,现在人家真心觉得博士的研究很厉害——斜道卿壹郎这样的人,怎么会去剽窃小细的智慧?人家一直想不通。博士根本不用这么做就已经足够天才,而且他本来就对名誉、地位没什么兴趣啊。"

"但是兔吊木天才程度比博士高吧?"

"不是高低的问题啦。程度这个词不适合天才,而且,人家从刚才的'谈判'里也看得出来——博士那个人的自尊心很强的,你明白吧?"

"明白倒是明白……"倒不如说,他的矜持已到了足以称为异常的领域,"所以?"

"自尊心很强的人啊,虽然可能会有很多问题,但在独立研发问题上是可以信任的。"

"嗯……你这么一说，我倒也只能同意……"

的确，我也实在不认为一个追求名利地位的人会甘愿窝在深山野岭里，不仅博士，其他职员也是同理。

"不过，那卿壹郎博士为什么要把兔吊木……"

假如所谓的"剽窃"不过是表面上的伪装，那么博士不惜背负如此污名也要做的究竟是什么？

"他以前研究过人工智能、人工生命的可能性，那时候还蛮可爱的说……原来如此，这是确凿无疑的'堕落三昧'，无论怎么狡辩都已经脱离的人类伦理社会的范畴，彻底地堕落啦。"玖渚猛地抬起上半身，面对我，"说到底，阿伊，你觉得'Demon'是什么意思？"

"Demon……不就是恶魔吗？"

"嗯，倒是也有那个意思，有阿伊说的那种意思，但是啊，这个词在博士身处的密码与信息安全学界有不同的意义。所谓'Demon'，是在密切关注某种条件发生的同时等待，一直等，一直等，等到天荒地老，等到满足特定条件的那一瞬间，神不知鬼不觉地发挥原本的机能，它指的是这样一种过程[1]。也许博士在见到人家以后，不，以前就一直在等了吧，等待这样的机遇。Mad的

---

[1] "过程"的日文原文为"手顺"（步骤），即编程思想中"面向过程（Procedure Oriented）编程"的"过程"。玖渚友所说的"Demon"中文一般译为"幽灵"，见于人工智能领域。——译者注

191

Demon——疯狂程序吗？文字游戏玩得妙吧。相比之下，小细最擅长的'绝妙逻辑'不知好到哪儿去了呢。"

"……"

虽然玖渚说这些话的时候很严肃，可我完全听不懂她在说什么。齿轮没咬合上——大概就是这种感觉。她的危机感丝毫没有传递过来，我对玖渚究竟惧怕什么毫无头绪。不过即便如此，事态正在恶化——唯独这一点似乎可以确信。

"会不会很难懂啊？总而言之是这样。"玖渚说，"这个，终于到访的机遇，苦等六十三年终于降临到自己头上的机遇，大好时机，要问博士愿不愿意只凭一两张这样的光盘就把它拱手让人，人家觉得，已经说不上是很难，那是非常难啊！"

"你的意思是，博士正在做的项目比'Team''集团'原创的那张光盘里的内容还有价值吗？"

"不是啦。人家可以保证，论价值，这张光盘的内容比他高得多哦，一百个人里有一百个都会这么回答，就算扩大到一千个人也一样的，但是绝对标准和相对标准之间的价值判断差距，还是难以统计呀。套用博士的话，毕竟是一个科学家为之奉献生命的——献上整个人生的研究啊。这不就是无可取代的、千金不易的东西嘛，如果暂时把善恶、伦理之类的问题放在一边。"

"是吗？我难以苟同。"我对玖渚的话提出质疑，"我倒不觉得学者会有这么浪漫主义的想法。所谓学问，不就是考虑如何解决难题吗？"

"哎呀，伊字诀，你的话很奇怪。'学者'这个族群，本身不就是彻底的浪漫主义者嘛。"

本以为她早已半梦半醒，铃无小姐却突然打破沉默，插入我们的话题。

"如果不是浪漫主义者，怎么会想到往月球发射火箭呢？考试满分，说到底不也是所谓男人的浪漫吗？"

"浪漫吗……"

也许事实正如铃无小姐所说。我一边回想起四月份结识的某位学者，一边姑且对铃无小姐的言论点了点头。但我不认为那位名叫斜道卿壹郎的老者如此单纯，他是与这种简明易懂相去甚远，性情十分恶劣的人类。这话是本人说的，绝对不会有错。

"而且啊，本小姐身为局外人不便在旁边指手画脚，才一直努力忍着没插嘴，但是这件事很奇怪啊，伊字诀，蓝蓝。"铃无小姐接着说，"伊字诀，首先是你，你刚才说'退一亿步讲'是吧，但这事不是你说让步就让步的吧？兔吊木氏的个人意志，为什么由你擅自帮他让步啊？"

"不，这个，只是说顺嘴了……"

"哈，说顺嘴了吧，真是万能的说辞。"铃无小姐冷冷一笑，"还有蓝蓝。"

"呜咿？"玖渚迷惑地转向她，"人家有说很奇怪的话吗？"

"与其说奇怪……没，其实对像蓝蓝头脑这么聪明的女孩儿，本小姐这样说也许就很奇怪，但还是要说。"铃无小姐顿了一顿，

"喂，蓝蓝，既然兔吊木氏本人说不想离开这里，那不如就算了呗。明明兔吊木氏本人都说没关系，你为什么不惜强迫也一定要带他走呢？你觉得这是'救'他，难道不是一厢情愿吗？既然你说兔吊木氏是自己期望待在这里，那其他的不都是多管闲事？"

"可是铃无小姐……"我不由自主地挺身而出反驳她，"按小豹的说法，兔吊木是被卿壹郎博士抓到了把柄……之类的东西才会留在这里的。凭刚才和博士聊过的感觉，我也觉得多半不会有错。兔吊木是被那东西拘束在这里的啊。也就是说，被物理性关在七栋之前，他就已经被无形的锁链五花大绑了。那么这样——虽然不是全部意志，但终究难以说是他的本人意志吧。"

"那也一样。兔吊木氏亲口跟你们求救了吗？或者表现出求救的态度了吗？如果说了，那能理解，并且本小姐也会帮忙的。套用浅野的话，所谓见义不为无勇也，是人都会帮他。"

言罢，铃无小姐的目光穿透我们两人。

"但你们方才的不是这样，根本不是，全然不是，全速逆向喷射的不是，甚至相反，不如说完全在另一个极端。那个……叫啥来着？小豹？你们根据小豹提供的线索得知兔吊木氏陷入'困境'，拉上小恶帮忙准备对策，然后跑来这里，跑到斜道卿壹郎研究所。好了，伊字诀，你倒是给我说说，这里面哪个环节尊重了兔吊木垓辅氏的个人意志？难道蓝蓝你想说基于你们从前的朋友交情，你能洞穿兔吊木氏的心思？"

"……"

"铃无小姐,您说得太过了。"

她面前是陷入沉默的玖渚,以及抱有怨言的我。

"还没说够呢。"

她毫不在意我们的反应。

"才这几句话怎么够。"然后这次铃无小姐转而看着我,"那好,现在本小姐也退一亿步——不,就退一千万步讲。"

现在场面很严肃,我就不吐槽了。

"我们假设兔吊木氏其实是想离开,假设他其实想走,但有苦衷走不了,基于独断和偏见暂且如此假设。但现在的兔吊木氏出于自己的意愿,留在这里——或者该说'监禁'吗?他并不是受害者。本小姐认为,应当尊重他的决定。"

"尊重?"

"就是尊重。一个大男人不惜将自己的一生弃之不顾,也要滞留在此不是吗?他甚至接受了协助不如自己的人!那随他去不就好了?何必旁人来指手画脚嘛。你们似乎有所误会,本小姐要提醒一下,兔吊木氏不是小孩子,倒不如说,你们才是,活得都没有他一半长——"

铃无小姐她按顺序,指了指我和玖渚。

"你们才是小孩。"

小孩。

是这样没错。

若不是被当面指出,可能都要忘记了。我自不必说,玖渚友也与她的少女外表相符,实际上还是孩子,不过是十九岁又三四个月大的孩子而已。

"嗯。"

少顷,玖渚点了点头。我似乎从未见过她如此老实乖巧的模样。

"音音说得没错。如果像音音说的,那确实是这样,关于这一点不可否认。而且老实说,人家也是一样,如果小细认为保持现状就好,人家没打算刻意去阻挠他的。"

"哦?"铃无小姐瞪大了眼睛,"这是什么意思?"

"就算小细有隐瞒也无所谓,就是这个意思哦,人家不打算过度干涉小细,这点自由意志人家还是认可的。但是啊,音音,现在的局面,问题在卿壹郎博士那边哦,问题就在于'堕落三昧'斜道卿壹郎博士——他的目的。"

"什么意思?"这次提问的是我,"虽然那博士确实问题很多……你说'目的',是说博士有什么企图吗?"

"所以——话说阿伊,你都不觉得奇怪吗?这么宽敞的设施,竟然只有六名职员?就算加上助手小志,也就七个人而已。人家当时和小直一起去博士北海道研究所的时候,至少也有三十个职员啊。"

"这个嘛,是奇怪啦——不是也有'少而精简而远'的说法吗?"

这种学术研究活动与体育竞技不同,并非凭人海战术拔得头筹,甚至人数越多越容易混淆,反而模糊整个集体的思考。虽然运动能力上，个体存在差异，但要论起思考能力的金字塔，顶端和末端之间的差别，根本不能相提并论。

"嗯，对，就是这样。那么，阿伊，你不觉得奉行'少而精，简而远'，最大的好处就是对保密工作非常有利吗？"

"不是不能理解……但说到保密工作，他们在建筑上就已经做足了吧？还有必要进一步精简职员人数吗？"

"反过来想，不就意味着博士正在启动的项目必须做到如此严格的保密措施吗？"

"你这表情是已经有想法了啊。"

"嗯，虽然真的只是推测。"

玖渚顿了一顿。

"可是，如果不是推测，正常来说根本想象不到。但是啊，参考了这家研究所的构造、选址，还有职员的阵容——神足雏善、根尾古新，以及三好心视、春日井春日，对照这些资料，再综合小豹提供的线索，基于这些情报演算出来的解答基本不会有错。"

"……"

"将小细——兔吊木垓辅关在这里的理由并不是要一起做研究，更不是为了剽窃，卿壹郎博士，他根本没把小细视为研究所的职员对待。"

"不是研究所的……职员？"

"本以为他自己办不到，才要借助小细的力量，这种想法就大错特错了，博士不可能那么做的。阿伊，斜道卿壹郎博士的秘密计

197

划是——"

玖渚她，看我的眼神几近求救。

"以'害恶细菌'兔吊木垓辅作为实验样本的——特异性人体构造研究啊！"

2

哲学探讨时间，第二讲。

听心视老师说，若讨论地球上最强的生物，其结果一定会是Bacteria，似乎这是生物科学家之间的常识。Bacteria在地球上无处不在，又具有超常繁殖本领。假设它们的繁殖能力为1，那么人类的生殖力即便在外行人看来，也毫无疑问小于百兆分之一。在数学上，这个数字可以看作无限接近于零。也就是说，在Bacteria面前，人类这种生物存不存在都没什么区别。

然而Bacteria——也就是细菌，没有智慧。虽然我没当过细菌，无法判断他们是否没有智能，但大致可以断言。而这结论恐怕又会引发诸如"人类再弱歹拥有智慧，那么人类作为生命就比细菌优越，不然你见过哪里的细菌会用电脑上网吗？"的风向。虽说也有它的道理，人类的智慧孕育而出的文化、文明，且不提是好是坏——无论它们是好是坏，我们都暂且可以认为，它们是有价值的。

但我认为势必会像讨论能量守恒理论一样。举个例子，假设我要用C语言写一个软件,我肯定要去书店买一本C语言的专业书——不,入门书,然后把书看完,再打开电脑,磕磕绊绊地敲出代码,最终完成。再说玖渚友和兔吊木垓辅——在前"Team"中处于领军地位的黑客们,他们来做这件事又会如何?很简单,他们就只是把软件做出来而已,要做什么,该怎么做,他们不会考虑这些问题,就像骑自行车一样,不存在任何方法论,那就是他们那些老手的做法,甚至连思考都不用。说到底,为何记性好的人不能等同于天才,就是因为有这种无解的规定存在——他们都不需要去记忆。

但他们再怎么优秀,能做到的事也和我一样。

为了活下去而构筑文明、文化、科学、技术、学问,上述的人类生物与仅仅只是活着的细菌之间,又是否能判断孰优孰劣呢?当然,我并未打算瞻仰微生物族群,也没想蔑视伟大的万物之灵。我提出的问题,此处所指的并非智慧本身,而是智慧的存在方式。倘若无论能否将某一领域钻研到极致,都终归是在同样的地方做同样的事,我们在登顶之后又该渴求什么呢?

"然而以上的言论是只有达到顶峰之后才能说的,像我这种笨到史无前例的家伙就算说了,也不过是死刑犯上法场——嘴上不服输啊。哲学,结束。"

我自言自语,随后睁开眼睛。

时间刚过子夜一点,地点在斜道卿壹郎研究所的中庭——被研究楼团团围住,铺着砖块的空间——此刻我一人伫立于此。我离开玖渚的房间以后回到自己的寝室，虽然爬上了床，却莫名地清醒，怎么也合不上眼，或者说要思考的事情太多，难以入睡。于是我偷偷溜出宿舍，又一路走到这里。

雨还没有下起来，地上的人焦急地仰望上空，雨云却似乎总也下不了决心。白天热得不像话，深夜的气温却又无愧于山里，再加上天气原因，着实很冷。我为什么要在大冷天跑出来呢？我一边回想，一边随性踱步。

猛地转头，视线的前方是三号研究楼——第三栋，也就是三好心视大师的宅邸。不知那个人体解剖狂是否已经和衣而卧，无法确认，这里的建筑又都没有（我们的宿舍有）窗户，观察不到屋里的灯光。

"……"

在ER计划执教的学者里人才济济，授课过程中能听到多国语言，但以日本某地方言授课贯彻始终的，还就只有心视老师一人。于是翻译任务自然而然就落到了同为日本人，又与她同样是关西地区出身的我头上，也因此有了许多与心视老师接触的机会。

当然，与我处于相同立场的日本留学生（以及听得懂西日本方言的外国人）曾经也有不少，但他们大部分都中途退学。就这么把来参加ER计划的青年才俊一个个逼到退学的心视老师，有个外号"稻苗杀手"。顺便一提在心视老师手下，唯一没有中途退学的我被叫作"切腹被虐狂"。

"咦？"

现在想来，也许是心理作用，怎么感觉我的外号比较过分？

"没想到的是竟然落得在此地重逢的下场……"

这场旅行原本是促成玖渚与兔吊木垓辅的再会，可现在也成了我的重逢之旅。

我想起铃无小姐的话，就是再次见到老师之后铃无小姐对我说的那些，而她猜得没错，我不想告诉玖渚我在那边做了什么，其中缘由，恐怕与我不想知道玖渚与兔吊木在"Team"时代做了什么一样。

"我最近好像很讨人厌啊……我以前是这种性格吗？"

也就是说，我渐渐被剥下了伪装。

此时我似乎听见动物在低吼，至于从哪儿发出来的，四周漆黑一片，研究大楼这种巨大物体还好说，至于其他东西，就连自己的身影都看不清。我姑且警惕着，环视一圈周围，可什么都没看到。也许是错觉吧，我刚转过这个念头，瞬间又不知从何处传来动物的低吼，在四周回荡着。不，好像又只是物体发出的声响。

"只闻其声未见其人……然可闻其臭耳……吗？"

也许正是因为强行逞能，说了不合时宜的俏皮话，刹那间分散了我的注意力。然后就在这刹那时刻终结之前，那东西——不，那些东西便向我扑来。

背后一只，正面一只。

"……"

我被不由分说摁倒在地，右半身贴在砖地上，右手遭到剧烈冲击。虽然倒下时化解了部分力道,想马上爬起来却很难。不,即便我想起来,那些东西也不允许。它们用极大的力量压着我,然后——舔了舔我的脸。

"……"

直到此时,我才注意到它们。

"狗?"

就是狗。两条体型足有中学男生那么大的黑狗,正一面咕噜噜低吼一面不停地舔着我的脸颊。唾液黏在脸上,坦白地说我非常不愉快,但由于"他们"用前爪把我按在地上,而且是两条合力,我动弹不得,无力抵抗,只得任凭它们摆布。

原来如此,看不清是由于这两个家伙的黑色毛皮融入暗夜,而听不出低吼从何处传来,则是因为两条在不同地点一起发声……我一边承受犬只的蹂躏,一边冷静地分析。

"手……"

有声音。

这次我听到的是人类的声音,但具体说了什么却听不清,我微微抬起脸,向声音传来的方向望去。周围还是很暗,看不清来人的模样,但能看出有一个人站在那里。

"住手!"

是个女人。她的嗓音冷冽至极,吐字却极为清晰。听到这句话,两条狗瞬间放开了我,然后快步跑到她身边。而我终于得到解放,撑起自己的身体,摇晃着脑袋,用袖子擦拭脸上的口水,低头一看，像漫画一样的四个狗爪印清清楚楚地印在胸口。与其说蠢，不如说是有些滑稽。

"不好意思了，少年。"她用同方才一样冷冽的嗓音对我说，"没想到这么晚还有人出来散步，没有牵绳，为此向你表示由衷的歉意。"

她的语气极为平淡，毫无抑扬，连一个逗号都没有。然而该怎么说，她的发声方式好似话剧演员一般通透清晰，很容易听清。

"……"

我慢慢站起来，向她走近一步："没关系……我没放在心上。"

"脸上沾了那么多口水竟说不在意，真是个奇怪的少年。"

她微微笑了，然后主动朝我走来，从白大褂口袋里取出一块手帕，帮我擦干净脸。虽然莫名有点难为情（擦个脸还让人帮忙），但我还是顺从地任她摆布。

任人摆布的同时，我观察起她来。白大褂……意味着，她是这家研究所的职员，又不是中学校服，就算是在研究所里也没必要一天二十四小时都穿着它，但这家研究所的职员似乎都有穿白大褂的习惯。

也就是说，这位是——

"嗯……帅气多了。"这句话听起来颇有中老年人的腔调，只见她把手帕塞回白大褂口袋里，"我是春日井春日，我想你大概知道。你就是传闻中的玖渚友吗？"

"不是，我是那个'莫名其妙的小鬼'。"

203

"啊啊，那就是同行的海归跟班吧。这么一说才发现你不是蓝头发，而且是男生。你是男生吧？抱歉，太暗了看不大清楚。"

她点点头，向我伸出右手，似乎是想和我握手。我稍作犹豫，但最终还是伸手回应。

春日井小姐的两头巨犬就像她的忠仆，在她脚边来回踱步，这会儿站在远处仔细再看，长得其实还挺和蔼可亲，不知是什么品种，看着像杜宾，但体型又偏大，比圣伯纳和大白熊还大上一两圈，一般的大型犬容易显得愚钝，它俩看起来却是威风凛凛。

"这个时间出来散步可不好，"春日井小姐一松手便淡淡地说，"毕竟这家研究所保密事项还挺多，你也不希望明明肚子不疼却被医生翻来找去吧？或者你是找谁有事吗？"

"啊，这个……"我与春日井小姐形成鲜明对比，话里总是磕磕绊绊的，"其实我正在努力回忆呢。"

"回忆？"

"我的记性很差，忘记自己为什么离开宿舍了。"

"看不出来你还喜欢开玩笑嘛，不愧是三好的徒弟。"

春日井小姐只用嘴角"呼呼"地笑了几声。我倒没有说笑，可就算此时告诉她"没有，是真的，我的记忆力几乎等于零，说白了就是没有，偶尔连自己的名字都会忘掉。只是忘了倒还好，有时连想起来的名字都是错的，所以记性岂止为零，简直就是负数。我就是那种傻到小学考试写了同桌女生的名字不说，最后还考零分的傻瓜呀"，现在说出实情也没有任何好处，要是让她觉得我是那种荒唐的傻瓜，还不如维持爱开玩笑的形象好些，因此我只能回答："是啊。"

"您这么晚出来遛狗吗？"

"我喜欢夜晚，这三胞胎也喜欢，至少比起白天。"

"三胞胎？"我又瞄了一眼脚边的狗，一只、两只，至少按十进制，无论怎么数都只有两只，"它们是三胞胎吗？"

"嗯。你讨厌三胞胎？"

"没有，我最喜欢三胞胎了，可是这里少了一只吧？"

"剩下那只病了在疗养——说白了是正在接受动物实验。"春日井小姐连耸肩也没有，更不像开玩笑，"这两个孩子还在排队等候，所以为了保证它们健康才带出来运动。"

春日井春日——

动物生理学、动物心理学、兽类分子学，虽然同为理科，她却不像卿壹郎博士和兔吊木，以及神足先生和根尾先生他们一样，与机械、物理法则、理论和方程式打交道。没错，一定要说的话，她的专业领域和心视老师的人体解剖学更为接近，即是一名专攻"生物"方面的学者。动物对她而言并非宠物或赏玩对象，只是实验品而已。

我再次端详那两条狗。虽说是我擅自先入为主，但春日井小姐脚边的这二位，除去威风凛凛，此时看着又有些可怜。

"话说回来你们到这深山老林里来做什么？"春日井小姐仍是那没有起伏的语调，"看着不像只是来会见老朋友，也不像是来探望博士的啊。"

"谁知道呢？"我摊开双手装傻，"我只是个跟班，这问题要问玖渚本人，我也不清楚啊。"

"我认为如果你们想把兔吊木先生带走的话，不太可能实现就是了。"

"……"

我维持着摊开双手的姿势僵住。

"因为博士对兔吊木先生的执着非同寻常。那位老人到底在想什么啊？又到底会叫我做什么呢？"

说着，春日井小姐转身背向我，眺望起远方来。而坐落于她视线尽头之彼端的，没错，正是七栋——兔吊木垓辅所在的研究大楼。

"博士在做什么研究，春日井小姐，您不知道吗？"

一边回想起方才玖渚的话，我一边问她。

"研究啊，研究吗……"对我的提问，她露出一个仿佛意有所指的微笑，"不知道博士有没有在做研究呢，搞不好根本就没有。因为卿壹郎博士做的与其叫研究不如称之为战争。要是你想问是何种性质的战争我就无法回答你了。"

"啊？"

完全听不懂她在说什么。

接着春日井小姐来了一句"话虽如此"，把目光移向了我。

"实际上只是我不知道自己在做什么。一边想着我为什么要做这样的事,一边没日没夜无休止地被要求像拉马车的辕马一样攻克糟糕的难题。"

"有在做吗?"

"有啊。"春日井小姐深深地,煞有介事地颔首,"当然要做!实在搞不清楚那位老先生到底在坚信什么。"

"……"

话题似乎不会再回归风平浪静的杂谈。话说志人君虽对根尾先生一直骂不绝口,但与春日井小姐对博士的态度却又有区别,既不是抱怨,又非牢骚。这种感觉到底是什么呢?

"狗。"

春日井小姐突然变了话题。

"你喜欢狗吗?"

"一般……不喜欢也不讨厌,毕竟狗是动物吧?"

"是的。虽说动物会亲近喜欢动物的人,但果然只是民间传说,看它们亲近我的样子或许没错。"

"那我可就不清楚了,我没有学过动物心理学。"

"呵,毕竟这个领域在理科之中比较小众啊。"说到这里,春日井小姐不知为何妖艳地对我一笑,其中意图我自然是不懂,"所以我才被关在这深山老林里。"

"关在……"

"哎哟,不好意思,失言了,我真是犯糊涂了啊,看来你有着让别人疏忽大意的本领。总之拜托你当作没听见吧,少年。"

然后她恢复原本的表情。

"是啊，你似乎比较有空，咱们就聊会儿天好了。"

只见她话音刚落便对两条狗下了某种命令。狗们十分机敏，一条跑到春日井小姐身后，一条迂回到我的身后，原地趴下。

"站着说话怪累的，少年你也坐。"

言罢春日井小姐真的坐在了黑犬背上。它们的尺寸充当沙发正合适，可眼前的景象要是让动保团体看见了，应该不会善罢甘休。

"……"

回头一看，我身后的黑犬正窥探着我的表情。不是，就算你瞟我，我能怎么办啊。

"怎么了？你别顾忌随便坐就是了。它们基本是野生动物，一坐就会陷下去又软又舒服的。没关系，那孩子身体很结实。反正你也不怎么喜欢狗吧？"

"不，有劳您费心，可惜我得了一种坐在狗背上两秒之内就会死的病。"

"这样，那就算了。"春日井小姐摆了摆手指。我身后的狗对这个动作产生反应，唰地站起来跑到她右手边，然后春日井小姐天经地义似的把手肘撑在它背上。

"大家好像都很抗拒，我倒觉得跟鹅绒被没什么区别啊，可能活着的不行，死了就没问题吧。"

"倒不如说，我只是害怕被咬而已。"

"没问题的,这两只还没做过实验很老实,虽然另一只正在实验的可就没法保证。嗯……说实在的以前就经常听三好提起你。"

"是吗?那可真是不寒而栗。"希望那个变态没有胡说八道,很遗憾我可不像铃无小姐一样,不把心视老师的大嘴巴当回事,"尊师与您聊了什么?"

"杂谈罢了。从三好那里听说的事迹和你的实际行动对比起来似乎有些矛盾。听描述你可不像那种为了救兔吊木先生——你是打算救没错吧——特意跑到这种地方来的勤勉孩子啊?"

"亏您能若无其事说出这么过分的话……我其实很勤勉哦,每天都写日记和诗呢。"我耸耸肩,"不过嘛,特意跑来倒没说错。但我不打算帮助兔吊木先生,一分一毫都没想过。有这种想法的只有玖渚一个人,铃无小姐好像是打算贯彻不干涉不来往主义。至于我嘛,说实在的怎么样都无所谓。"

"是吗?"

"而且这种营救戏码,上个月刚演过一回。如果对象是可爱的女生倒也罢了,为了中年大叔大闹一场,我可没有这个打算。这次我只想当个旁观者。"

"旁观者——这个词真不错。"

春日井小姐露出微笑。这微笑与心视老师完全相反,充满了成熟女性的魅力。

"'旁观者'是个好词,大概是最棒的词语了,好的词语绝不会消失[1]。"

她仿佛吟诵咏叹调一样吐出这句话,我虽然为之心动,却也觉察出能在什么外国电影里找到出处。

"我说少年,根尾先生、神足先生,还有三好都以为你是玖渚友的恋人,但其实不是吧?"

"终于碰到一个对我这样说的人了。"我耸耸肩,"这里的人,开口就是什么恋人、女朋友,其实我很为难,虽然外面碰到的人也差不多都是这样。"

"这也无可奈何吧,适龄男女感情稍好总免不了被人戴有色眼镜的。"

"适龄……要这样说的话玖渚的心理年龄太小,而我又老成过头了啊。"

"老成吗?三好可是说你'那家伙的心理年龄停留在初中二年级'。"

初中二年级——十三岁。

与玖渚友相遇的年纪。

六年前。

"……"

"话说回来,'一对恋人'是吗?这词可真讨厌。'一对恋人'是一个坏词汇,大概是最讨人厌的词语了,而坏词语绝不会

---

1 原句出自电影《肖申克的救赎》之中的台词,原文是Hope is a good thing, maybe the best of things. And no good thing ever dies.——译者注

消失。"

这回被改编得猜不到出处了。

"总感觉很老套，虽然不是说老一套不好。你怎么看待这类问题？对恋爱持肯定态度吗？"

"谁知道呢，我一次都没喜欢上过别人。"

"真是司空见惯的说辞。不过嘛，头脑好的人各种意义上都不适合恋爱，这是进化上的死胡同啊！由此我认为卿壹郎博士非常厉害。"

"您这是什么意思？"

"才能这种东西从根源上讲不具备生产力啊，甚至是毁灭性的。既然你以前在ER3系统待过，应该能明白吧，名留青史的天才大多都在十多岁、二十来岁左右就把他们的才干挥霍完了。"

"嗯……这个嘛，是啊。"

名人们留下的照片多是老态龙钟，但能够直呼他们为"天才"的时期，一般最多也不会超过三十岁，以后的他们只能依靠从前的"天才"的经历——才华，了却残生。倒不是没有将天才头衔带进棺材的特殊例子，但多半是由于当事人英年早逝。

玖渚友和斜道卿壹郎两人之所以脾性不合，或许也有这些因素。我联想起在一栋二层时与铃无小姐的对话——关于"时代差异"的内容，曾经的"天才"与现今的"天才"——之间的差距，对这两人的影响，想必各个方面都起到了决定性的作用吧。

博士被人当面炫耀他也曾拥有的才华。

玖渚拥有的才能注定会失去。

即便同为天才，却因为生活的时代不同，竟会产生如此大的差异。

那么——那个居于中心位置的人——

兔吊木垓辅又如何？

他是现在进行时的"天才"吗？

还是"曾经的天才"呢？

"但博士以如此高龄仍想有所作为，即便成果诞生于毁灭之中也真的很了不起。"

"可就算这样……"

我想起方才与玖渚聊天的内容，反驳已经涌到嘴边，万幸还是咽回去了。春日井小姐见我这样，微微一笑："嗯……看来双方都说走嘴了。"她偏了偏脑袋，举止仍然十分优雅。

"不触及这方面似乎对谈话更好，还是回到正题吧。即便我们双方，对你与那位玖渚小姐并非一对恋人已经达成共识，"春日井小姐毫不停顿，"但依我看你和玖渚小姐之间甚至连朋友也不是，这推测是否有错？"

"您的看法也真过分……这要看每个人对朋友怎么定义吧。"

"也是，不做定义便唐突发问是我考虑欠周。"春日井小姐轻轻点头，"但人生本就没有太多选择，摆在每个人面前的路顶多也就六条，即喜欢的、讨厌的、普通的——还有三条是什么来着？"

"愉快的、不愉快的、无动于衷的吧。"

"哎呀，你很会说话嘛，不过还是跟丢骰子没什么两样。所以命中注定的恋人全是错觉，虽然也不是说一切都只是偶然巧合。"

"这部分我大致上同意。"

"哎哟，我们很合得来嘛，有点吃惊。但这应该也是偶然吧？"

"不知道……即便偶然，也是不坏的偶然吧。"

"不坏是吗？你若真心这样想我也许还挺开心的。"春日井小姐轻笑几声，"六个选项啊，随口一说细细品来却有不少韵味呢。"

"不过……我没有六个选择啊。现在想来我这人，生来便从未体验过何谓选择。"

"或许我也一样。"

春日井小姐几乎是马上回答。我窥伺她的表情，却什么也看不出来，她仍旧波澜不惊。

"嗯，即便假设只有六个选项，也一定会存在第七个，毕竟我认为无论何种情况下都可以'哪个都不选'啊。"

"选择'不选'……吗？这是矛盾悖论啊。"

"是的，我很讨厌选择和决定。按三好的说法，加上刚刚聊的内容让我想到一件事，或许你在这方面也同我一样。"

"是的，我也不喜欢选择与决定。"我对她的提问做出肯定回答，"老实话，没有比那更轻松的。"

"嗯。"春日井小姐也点点头。

哪个都不选。

不去做选择。

卿壹郎博士的秘书美幸小姐对我说——"我个人奉行无见解主义"。也许这句话用来形容我，或这位春日井小姐更为合适。

"是啊，我也这么想哦。哟哟，"春日井小姐话说到一半，从狗背上站起来，"下雨了。"

被她一说，我抬头望着天空。看来雨云的饱和度终于到达极限，水滴淅淅沥沥，已成了蒙蒙细雨，从天空中陆续飘扬而下。春日井小姐摸了摸两条黑狗的背。

"这些孩子不能感冒，所以下大之前我要赶紧回研究楼去了，而且不可能的任务还堆得像山一样多。"

"真辛苦啊！"

"我认为工作就该是辛苦的，无论想不想做。你也这么觉得吧？"

说着春日井小姐向我踏出一步，我虽以为又是寻求握手，可并非如此，她又走了两步，凑过来，双手固定我的脑袋，然后直勾勾地看着我。

"春日井小姐？怎……"

没等我说完"么了"二字，她便倾身向前，樱桃小嘴贴在我的脸颊上亲了一口。温软的触感，径直传进我的大脑深处。

"……"

我不假思索地，几乎是用非常粗暴的动作甩开春日井小姐，立即与她拉开三米的距离。

"您都……干了……些什么啊！突然这样……"

"我看你不在意被狗舔就想试试如果对象是人类会怎样。"

"全身心都会在意的！"

"啊，是吗？那还真是抱歉啦，我道歉。"她淡然致歉，"我好久没看到男孩子了，所以一不留神。"

什么叫一不留神啊。

"少年，都到这个地步我就开门见山了。"

"好的……"

"你要不要现在和姐姐一起回四栋的寝室呢？"

"……请您不要开门见山地问这种爆炸性问题。"

"爆炸吗？"

"很爆。"

"不行吗？"

"不行。"

"可以满足你的任何要求也不行？"

"……"

不，我可没有犹豫哦！

搞了半天原来如此，我心想这要是什么伏笔可就太讨厌了，然后说道："男人不是还有好几个嘛。"

"比如神足先生、根尾先生之类的。"

"我认为不收拾头发的和太胖的都不能算进男人的范畴。"

春日井公主淡淡地吐出暴言。

"那志人君怎么样？那位少年还相当青涩，也许正合适？"
我尝试推荐。

"嗯……可是宇濑已经搞定了啊。"
人家早摸清了。

"那……兔吊木先生之类的，那个人还挺有男人味的吧？"

"是吗？"仿佛被我勾起兴趣，春日井小姐动了动脖子，"兔吊木先生从来没出过楼门所以我没见过。当然在邮件看过他的研究成果，而且被那精美的完成度打动了，但是我还没有变态到对着那种资料……"

在你对初次见面的小年轻下手时，已经离变态一步之遥了，不对，基本就是变态了。我只在心里想想没说出来。

嗯，春日井春日小姐，她跟外表的反差大得不是一点，果然读太多书的人，都异于常人，但我也不会说出来。

"哎呀，总之你考虑一下。那么你也早点回去吧，在这深山老林里把身体搞坏了可不是开玩笑的，我的专业是动物也就罢了，可是三好虽然专攻人类，但攻的是尸体啊，拜拜。"

低头行了一礼，春日井小姐便向着四栋走去，两头黑犬跟在她背后，宛如女巫的使魔，比起遛狗，根本是拿它们当保镖吧。我摸了摸自己被亲的脸颊，目送春日井小姐的背影渐渐淡出我的视野。

"早点回去……吗？"

这究竟是叫我回宿舍，还是要我回家？现在的我无法判断，我还没能理解这座广阔无垠、模糊而不真切的斜道卿壹郎研究所哪怕一成的全貌，尚不能得出结论。

衣服越来越湿……总之先回宿舍去吧。我转身朝着杉树林迈开步子。

"不过，没想到会碰上春日井小姐。"我径自走在已经露出它诡谲嘴脸的杉树林之中，话说，距离丑时三刻不到一个小时了。我念着自己的独白。

"这也是一种偶然吗……"

无论以何种形式，将玖渚友曾经的伙伴——兔吊木垓辅紧抓不放的，正是接受玖渚本家资金援助的"堕落三昧"斜道卿壹郎博士，再说我自己——玖渚友的友人兼旅途同伴，还有一位恩师在他研究所里担任常驻职员。说起来，我们抵达这里时已是傍晚，而分明自那之后还没有过六个小时，如果把刚才邂逅春日井小姐算在内，我已经跟这里所有的人打过照面了。

唉，怎么这么诸事不顺啊！

"啊……想起来了。"

我忽地在毛毛细雨之中停下脚步。

"对啊……我还没见过所有人来着……"

还有一个。

还有一个人，虽然只是有在研究所的可能性，要我算出具体概率我是做不到。既然存在，我自然不会袖手旁观，既然有那么一丁点可能性，即便在数学上无限接近于零，我也不能任之不管。

217

我为何深夜离开宿舍？并不是因为失眠，那是为了见春日井小姐吗？这更是一派胡言，我又不是超能力者，怎么预测到那种突发事件。

对啊。

我是为了确认某项事实才离开宿舍的，我想起研究所境内仍存在一个不安定因素，而我离开宿舍正是为了验证那是不是我的臆想。

"好了。"我慢慢闭上眼，然后睁开，"人间失格，再袭……吗……"

前去拜访兔吊木的七栋时，在路上感知到的东西，我至今仍能感受到，就在背后，步步紧逼。既像是被远远注视，又像是被远远窥视，就是这样的引人不适，本体不明，阴暗而潮湿的痕迹。不，不能说是痕迹，更像是一种浑浊又沉甸甸的氛围。

那是一束目光。

"出来吧……'入侵者'，或者叫你零崎爱识更好？"我喃喃自语，"老是偷偷摸摸、东逃西藏的，可实在太丢脸了。"

"在下既没有偷偷摸摸，也不逃不藏啊。"

就在身后。

这个描述宛如字面意思，她出现在我身后，就站在我的背后，只隔着数厘米——不，数微米的距离，不要说吐息声，心跳声也几欲可闻，她，真真切切地存在于我身后的空间，隔着极微的空当。

"……"

没想到——没想到在这么近的位置。

有人近在咫尺地攥着我的生杀大权,而我竟丝毫没有发现。我本打算突然发声,威吓躲在某处窥探我的某人,没想到现在自己的心脏被揪成了一团。不要说飞身逃开,就连回头都办不到,甚至被吓得僵在原地,全然动弹不得,就连辨认她的身姿也无法实现,因此只得等她主动绕到我的面前。

她身着斜纹粗布的牛仔裤,配上一双女性穿来英气逼人的长筒马丁靴,上身是休闲衬衫,肩上披了一条与裤子配套的斜纹布夹克,下摆长得有如大衣,头发也长,左右各编成一条麻花辫,鼻梁上架着圆片眼镜,也许并非近视而是装饰,头上又戴一顶牛仔布猎人帽,帽子压得很低,看不见她的眼神。

我浑身一紧,不,甚至没有颤抖、没有战栗、没有恐惧,更没有动摇或错乱或怯怕,我非常冷静,我强行要求自己保持极度的冷静。这种感觉,这种……曾经体会过的感觉,宛如面对那人类最强一样,这究竟是……

雨滴渐渐变得沉重,视野已然模糊不清,看来雨势真正变大了,但这都不值一提,这种小事比之目前的状况,近乎事不关己。比起我感受到的东西,这场雨即便永不停息,也不过是极小而微不足道的问题。

"'堕落三昧'斜道卿壹郎研究所……"她开口的语气轻快得有些不合时宜,"可这里却宛如亡者群集的墓地呢。"

"……"

"你不觉得，没有什么比老人的梦想更不体面吗？不觉得没有什么比嫉妒孩子的老人更悲哀吗？简直就像死后仍然紧咬着世界不放的亡灵一样，难看而悲哀，凄惨又寒碜，可叹可哀还很可怜，简直目不忍视。"

"……"

我无法做出任何反应，气势完全被压制。

而她对这样的我嫣然一笑："不过嘛，真是一场好雨。"接着又把帽子压到眼角，然后像森中精灵一样——露出诡异的笑容。

"就像在暗示你该向何方前进一样，呵呵，倒也有其十全之处。"

"您是？"

"在下本名石丸小呗……今后，还请多关照了。"

铃无音音
SUZUNASHI NEON 监护人

第二天（1）——姗姗来迟的开始

0

不以貌取人

只以貌择人

1

雨似乎在睡梦中停了。

清晨六点。

空中还有不少积云,初升的朝阳也不明朗,但光照强度已可供肉眼辨视风景。我站在宿舍楼顶上,独自委身于风。委身于风的说法,听起来好像很酷,但我其实只是在楼上呆呆地驱赶困意罢了。

瓷砖铺就的地板积了几摊水,我看着好玩,一脚踩了上去,理所当然水花溅得四下都是,鞋和裤脚都被打湿了。我盯着它们看了一会儿,终于厌烦,把脚收了回来。

"见鬼去吧。"我自言自语,然后用左手徐徐从藏在上衣中的皮套里拔出刀子。这是一把薄如蝉翼的刀,薄得近乎透明,仿佛医生动精密手术时用到的手术刀具,只需轻轻挥动,便能给人一种切开空气的错觉。

我又挥了两三下,这是学着美衣子小姐的模样依葫芦画瓢,也就是所谓的回手刀。虽然没有特定的切割对象,这么挥一挥,心里的某些东西便被发散出去,感觉爽快不少。

"不愧是哀川小姐。"我停下手中的动作,喃喃自语,"真是好刀。"

恐怕那个"人间失格"也不见得能找到这么趁手的刃具。刃部较短,因此难以造成致命伤,但它仅凭轻盈趁手,就值得被特书一番,也许就相当于现代版的匕首,好像自哀川小姐把它送给我之后,这还是第一次拔出来挥舞,若有万一,看来它能派上不少用场——我自顾自点点头,打算把刀子插回皮套里。

此时我突然想到,似乎没必要刻意用左手把弄它。我并没有惯用手,说起来只是左手腕力稍强而已,但既然这把刀子以速度——即省力见长,那就没有必要执着于左手,甚至可以右手执刀,作为左手主攻的辅助。再说了,世上大部分人都是右撇子,那么必然右手腕力较强。可这刀鞘却位于右胸,是便于左手拔刀的设计,想来也是其辅助性质的佐证。

人只要手持刀子——或其他任何凶器,注意力就容易集中其上,受袭击的一方自不必说,攻击他人者也是同样道理。换个角度说明,只要盯紧那凶器,某种程度上反而可以保证安全。

说到最后还是要变通。

这刀虽好，也不能全靠它啊。想着我脱下夹克，把皮套翻过来，将刀鞘移到左胸，再收好刀，重新披上夹克。

"顶多算是心理安慰……"

或者只能叫片刻喘息。

难以否认这段独白中混着几分自嘲。这家研究所仅凭其自身的诡异，便足以让我情绪低落，竟然还有三好老师，再加上石丸小呗……

石丸小呗吗……

老实说，哀川小姐送刀时我不认为自己用得上，就算有机会用上，在我手上八成也帮不上什么忙的。不过就现在看来，用不好也比向它寻求心理安慰要强。当下形势之严峻，甚至远远超出玖渚友最坏的预想。即便知道不过是根稻草，落水的我也只得抓紧。

"伊字诀，你的爱好可够危险的，难不成'堕落三昧'到你这儿变成'刀具三昧'了？"

背后突然有人说话吓了我一跳，我回头看去，虽然从声音和说话方式已经猜出大概，果然是铃无小姐站在那里，她似乎还没换衣服，仍穿着旗袍睡衣，也没有戴平时的隐形眼镜，鼻梁上架着一副黑框镜，也许刚刚起床吧。

"早上好，铃无小姐，您醒了啊。"

"本小姐自打生下来就认得太阳公公了，起得一直挺早。嗯，早上好啊，伊字诀。"铃无小姐有些挖苦地笑笑，"一大早就做挥刀训练？你是进了外国的什么部队吗？怎么也不说声，本小姐给你介绍个好去处呗?"

"您不必费心了。"我逃开她,退到屋顶护栏边,"我只是突然想锻炼一下,晨练不是很重要吗?您看,我都快二十了吧?趁着青春期的疲劳还没一股脑儿涌上来,可得好好锻炼一番啊。"

"你想锻炼我帮你啊,要对打我还能借你胸[1]呢。"铃无小姐的邀请,看起来不像在开玩笑,"所以?蓝蓝在哪儿呢?"

"我和她也不是成天黏在一起的啊。您可能有所误会,您看,玖渚她基本上都窝在家里吧?住的地方还在城咲,平时偶遇率其实蛮低的。"

"确实,要说偶遇率,浅野还比较高,毕竟你们是邻居嘛。"

铃无小姐说着伸了个懒腰。看这架势,她会来屋顶并不是为了找我,只是来轻度运动,做做柔软体操的。

一套体操做完,铃无小姐叼上烟,然后唤我"欸,伊字诀"。

"本小姐小学期间看过一本很有意思的书,活到现在也不知读过多少本书了,可觉得有趣的始终就是那一本。"

"嘿,是什么书啊?"

"对,要问那书怎么有趣,那是一本大概五百来页的推理小说,可后面一半全都是白纸。这结局真的太出乎意料了,本小姐可吃惊了呢。"

"这是装订失误呀。"

"但是很有意思。因为我很意外。"唰——噗,铃无小姐掏出

---

[1] 借你胸的用语多见于相扑、空手道,指和人一对一训练。——译者注

她的ZIPPO打火机手脚麻利地点烟，原本这动作帅得一塌糊涂，可她身上穿的是旗袍，实在没什么观赏性，"不仅小说，电影也是这样。假如事先知道片长两个小时，那么自己现在的进度如何，大概就能有个预期，到了一小时的地方那就还剩一小时，只剩最后五分钟那剧情就要进入高潮，总而言之会安心，毕竟演到一半戛然而止的电影很少啊，只要不是完全不合逻辑的那种。"

"讲到这里，您下句话要接'人生却不一样'……是吗？"

"差不多，不过还是有点区别。"

她递给我一根烟"抽吗？"我摇摇头推辞。

"总而言之……比如你看一部好莱坞电影，都过去一个小时了，女主角还没登场，没人劫机，也没人劫大楼，连外星人都不出现，你觉得这种事有可能吗？"

"不可能吧。"

"读一本推理小说，页码都过半了却没死人，名侦探也没能出现，你觉得会有这种推理小说吗？"

"确实不可能呢。"

"说到这里，人生却不一样。"铃无小姐重复我的话，"诸如该发生点什么了或者差不多该结束了之类的预测……要么说是估量，是不可能存在的。好了，说到这里，本小姐差不多该问你了。欸，伊字诀，你打算把蓝蓝怎么样？"

"什么叫把她怎么样？好突然啊。"我歪歪头，装作没理解话题的走向，"我没打算把她怎么样啊。"

"明明大学还有课，却跟着跑到这来，还跟兔吊木氏甚至卿壹郎氏抬杠，这叫没打算的话，那你到底在做什么？"

"虽然您的问题提得很有深度，可是我自己也不清楚啊，我根本不想思考自己的行为。还是说铃无小姐，您认为自己所有的行动都该有个理由吗？"

"我找理由干什么？本小姐做事又不矛盾，你可不要搞混理由律和矛盾律哦。哈哈，是不是说得有点晦涩？伊字诀，本小姐呢，不相信世上会有面对心仪女子仍毫无想法的男人。"

"……"

我甚至没能应声敷衍她。

"当然这是伊字诀你的自由，但你的人生不可能永远持续下去，你可以再信任别人一点，不然各种方面都会很吃亏。"

"您这样说，听上去我好像就是个不相信他人的小鬼了。"

"没错啊，就是这样。你其实从来没相信过别人吧？不过伊字诀，打个比方，我还算挺喜欢你的，浅野也很疼你呢，所以她才会低头拜托我做你们的监护人。蓝蓝不用说当然是爱你的了，这点道理你明白的吧？"

"虽然志人君和兔吊木也这么说……可是什么喜不喜欢、讨不讨厌，又不是小孩子。"

我知道，此刻本不该反驳，我很清楚铃无小姐是对的，可我无法不反驳。不，这连反驳都不算，只是……只是小孩子在闹别扭而已。

"就算对方是你喜欢的人，又怎么能保证对方绝对不会背叛呢？和自己讨厌的人搞好关系也没有多难。能请您不要再这样吗？整天把好恶挂在嘴边，只会让双方都不愉快吧。"

"反正又不是食物口味，谈谈喜好又没什么。"

"一样的啊，人际交往也是同样的道理，有品位的人才能尝到甜头。"

"本小姐可不认为这是真心话。"我语带挑衅，铃无小姐却全然不理会，她对我循循善诱，正像劝慰一个任性的孩童，"我之前想到过，你这人不会打从生下来就没说过真心话吧？呃……你那个叫什么，'戏言'来着？"

"……"

"依我看……你平时完全可以再随性点啊？"

"我什么都不会说的，毕竟是无口角色。"

"啊，是哦，如此这般，原来如此，这是你的防护壁了，或者该叫最后的自尊？这墙壁够廉价的。也许你以为自己伪装得很好，外人看来可没什么大不了哦？"

"能请您适可而止吗？"我移动目光不去看铃无小姐，"我现在没心情听您说教，脑袋里装得太满，都快溢出来了，我还有好多事得去思考呢。"

"好多事哦……比如蓝蓝，比如你自己，是吗？"

"不行吗？"

"我可不会这么说，说是不说，想还是会想的。话说，你能不能别老盯着自己那一亩三分地，看看外面的大千世界呗？你再这样下去，整个人都和研究所没两样了。"

"什么意思？"

"就像这样喽，外面一圈围起来，里面不知道在搞啥。我说，伊字诀，跟你说实话，咱们——不是指你和蓝蓝，以及卿壹郎博士和兔吊木氏这些特异种族，是说普通的人类，我们啊，见到搞不清楚的东西是会害怕的，因为——搞不清楚啊。"

害怕不理解的事物。

卿壹郎博士对玖渚抱持的恐惧，也属于这一类吗？

"害怕未知事物是所有生物共通的本能啊，没什么吧？"

"但是相比之下，那些搞不清楚的东西更符合你的喜好吧？纠缠不清、模棱两可、进也不是退也不是，不都是你最喜欢的吗？"

被不理解的事物吸引而去。

兔吊木垓辅对玖渚怀有的崇敬，也属于这一类吗？

"我……并不是那样啊。"

"谎撒得倒挺圆。你这样骗得过别人，骗不到本小姐。"

"修行僧说话就是不一样。"

"是破戒僧。本小姐才没在修行呢，没必要。总而言之，你喜欢模棱两可。恐怕正因如此，你才把自己摆在这种模糊不清的立场上……不过，你只需要偶尔——稍微配合一下就好，跟我们保持步调一致，也没什么不好吧？"

"我当然打算跟上大家啊。"我接着说，"可是我也有极限。

你们每个人都随便对我抱有太多期待，我当然很想回应你们，可是没有的东西就是没有，要我拿我也拿不出。如果这样就说我'背叛期待'，那我也很困扰的。"

"你这种半途而废地眷恋他人的特质，到底是怎么回事儿？"铃无小姐突然说，"明明讨厌别人，却又想陪在谁身边，你的任性已经超出社会容许范围了吧。"

"您在说什么？"

"你要是真的厌烦一切，那像本小姐一样窝在山里啊！对你来说很简单吧？如果是你的话，一个人也能飘飘然活下去，不是吗？要厌世，就厌得痛痛快快，想去哪里去就是了。我这样说，你不要觉得冷漠。但是能独自活下去的人，独自活下去不就好了？强大的人都是如此啊？"

"所以平时才很少见到强大的人吗？这理论有点意思，尽管跳脱却不矛盾，原来如此，很有趣。"我虚张声势地点点头，"但是，我是弱小的人啊，是讨厌人类的胆小鬼。"

"伊字诀，能不能请你别再这样了？"

铃无小姐学着我方才的话说。

"这样……是指哪样？"

"就是这种'你是缺陷制品而别人不是的'论调，假装无能有什么好处？自虐就那么爽吗？你是傻瓜，小玖渚是你的救世主——本小姐就是看不惯你这样。伊字诀，话已经说够了，你现在给我过来一下。"

"您要做什么？"

"帮你揍自己。"

"世上哪有听别人这么说还觍着脸凑过去的笨蛋啊。"我停在原地，对她微微摊开双手。她见我这样，只得劝道"好吧好吧"。

"行了，我不打你，过来吧。"

我安心地凑了过去。

被打了。

"痛死啦。"

"修东西就是要拍。"

"我本来就有很多事要考虑，头已经很痛了……请您放过我吧。"

"哦？你头痛吗？"

她抓着头发揪过我的头。

"没事，小擦伤而已。"

"……"

"看招！"

说着她松开手，对准我的额头又来了一拳，力道其实不重，我至多后退两三步便能停下来。

"至少在本小姐看来，你可没有那么弱小。"

"想怎么看都随您了。"

"所以我也随自己说，你完全可以一个人活下去，你有这个能力，你完全可以活得不依赖别人。但是反过来讲，你在人际交往方面也可以做得更好吧？刚才你自己说的，'打算跟上大家'——其实你是明知故犯，对不对？"

"……"

"本小姐觉得你在故意把事情搞砸。"

四月，置身于天才之间。

五月，和同班同学待在一起。

六月，对峙女高中生。

每一次，我都铩羽而归。

但这些败仗，真的不可避免吗？我其实知晓一切，却刻意去走错路。难道不是吗？

恐惧成功，害怕获胜。

然后，时间到了七月。

在这"堕落三昧"斜道卿壹郎研究所中——

我也打算失败吗？

"我去叫玖渚起来。"

说着我转身打算逃走，她也没有制止，可能觉得话说够了，实际上也是如此。

挖苦得甚至有些过度。

"唉……"

她真的很喜欢说教，但我似乎又是不那么讨厌被说教的受虐狂，相比之下，可能我的问题比较大。

我抵达玖渚房门口，敲敲门，然而没有回应，大概还在睡吧。

按理说，昨晚她睡得（对玖渚来说的）比较早，恐怕是漫长的旅途积累了不少疲劳。她这个人没什么体力。

我蹑手蹑脚地开门进去，尽力不发出声音。玖渚果然还睡在床上。她睡相很差，被子一半掉在地上，自己则睡得一脸安逸，全无防备，嘴巴不时嘟囔几下，贪婪地享受美梦。端详着她的睡脸，我发自内心想到这家伙看起来真幸福。

看起来真幸福。

看起来真幸福。

然而她幸福吗？

我蹲在床边，伸出手，摸了摸玖渚的蓝发。这个行为没什么特殊意义，反正就是摸了。玩了一会儿头发以后，我的手指移到玖渚的脸颊附近。

"现在想想……好像兔吊木也说了差不多的话。"

但是……

但是铃无小姐——

你并不了解完整的我，你不知道我到底怀有多么"难以与他人言说"的过去，你全然不知晓我这个人有多扭曲，背负着多么深不见底的罪孽。而我既不想把这些事情告诉本就不知情的你，更不想被你得知那些过往。

没什么大不了的，和别人没关系，我不相信的是自己。

"有够郁闷的……我这人没问题吗？"

我事不关己地喃喃自语，手指移动到玖渚嘴唇附近，摩挲着轮廊绕行一周,接着若有所思地把手移到喉咙口,触碰颈动脉,感受着玖渚友生命的鼓动,然后——

然后,我猛地一拍玖渚的额头。

"呜咿……咿咿……"看来她睡醒了,"咦?阿伊,嗯……早啊。"

"早啊。"

我又一拍她的额头说了句"天亮啦。"

"咦……已经天亮了吗?好像只睡了五分钟呢。"玖渚揉着自己的眼睛,"好奇怪哦,最近老是像没睡一样。"

"估计堆积了不少疲劳吧,谁让你老是顶着个小身板还要勉强,要不哪天有机会,我们随便找个地方玩玩去?就当度假。我想想啊……蒙古附近怎么样?反正绝对不挑像这家研究所一样危险的地方。"

"听起来还不错吧……不过会累,人家绝对不要去。"

玖渚下床叫我帮忙扎头发,我点点头,取下手腕上的黑皮筋,把玖渚略长的蓝发拢到一起。我们重逢后,也不知她去剪过没有,感觉长了不少。

"小友,你不剪头发吗?"

"嗯,剪了就不能叫阿伊帮忙扎了呀,想想有点寂寞的。"玖渚噘起嘴说,"不过接下来的气候,不剪可能会有点热呢。"

"你房间的空调不是一年到头都不关吗……"说到这里我想起来,"对了,你换发型了?好像之前博士和兔吊木都提过一句。"

"嗯？啊，嗯，是哦。"

"哦……"

卿壹郎博士上次见到玖渚是七年前，兔吊木最后见她是两年前，而我再次见到她的时候，玖渚和记忆中六年前的样子没什么区别。那玖渚的发型究竟是怎样变迁的？

"好了，单马尾完成。"

"三克油——人家可爱吗？"

"可爱可爱。"

"重新迷上人家了？"

"迷上了迷上了。"

"LOVE人家？"

"LOVE啊LOVE啊。"

每个回答我都重复两遍，然后催促她去吃早餐。

"总之先吃点啥，再来绞尽脑汁。"

"是呀。"玖渚点点头站起身来，"嗯，当务之急是考虑要先说服哪边——"

"哪边？"我反问道，"你是指兔吊木和卿壹郎博士两边吗？"

"嗯，问题总要一个个解决嘛。阿伊觉得谁比较容易说服？"

这是一道难题，双方都一样难搞，却又好像差不多轻松。我稍加思索后给出答案、"单纯考虑的话，卿壹郎博士吧。"

"兔吊木乍一看不食人间烟火，其实顽固得很，或者说任性吧，他的任性没准和你有一拼，就是那种行动和言论只为自己顺心,别的都置之不理的感觉。虽然我不懂他为什么那么固执,但是和他比起来,说服卿壹郎博士就容易多了。"

"阿伊对小细的评论,除了人家任性那一点,其他都没错哦。阿伊看人的眼光也高了不少嘛。不过阿伊说的只是'相比之下',人家觉得博士没那么容易让步的。昨天也说过吧?一个大科学家基于信念,奉献了一生的伟大事业,不说能不能称之为伟大,想改变没有那么——"

"不是单纯地比较或者相对而言啦,方法倒是有的,只不过对兔吊木不管用,但对卿壹郎博士没准能奏效。比如说,对了,可以拜托直先生啊。"

"啊……原来如此。"玖渚顿了一顿点点头,"原来如此啊……截断他的资金来源吗?这样博士只能不得不放了小细吗?"

"不用那么露骨,只要稍微暗示,威胁一下就行。这效果够好了吧?"

再说了,他做这么机密的研究,本来就不该大大咧咧地放三个外人进来。不过,博士既然能许可玖渚入侵他的基地,反过来也可以看成是对玖渚本家的敬畏吧。

自然,即便拜托直先生——玖渚直,想要断绝玖渚机关提供给这家研究所的资金,恐怕也是不可能的。那是一条奔腾不息的大川中的支流,非我等小民可以企及。即便直先生是本家直系血亲,又担任机关长的秘书,但这既非他可以撼动的,他也不是在这类事务上掺私的老好人。直先生虽不薄情,但也称不上博爱。

但这种级别的威胁，正因为无法实现才有其效力。

"就算不找直先生帮忙也有其他手段啊。小豹——和兔吊木关系很差所以不行，小日也假定不会帮忙好了，可是，'破坏行为'不是兔吊木一人的专利吧？那么打出'只要你不解雇兔吊木，我就破坏掉这里所有的研究成果'这张牌来威胁他也可行。再说他们研究肯定需要网络，那么区区——不，无论怎样的防御，在'Team'面前都是一堆废纸，这点博士应该也很清楚。"

"哦，原来如此啊……不过好卑鄙呢。"

"你不感兴趣吗？"

"没有哦，那倒不是。阿伊会提这样的方法，有点意外而已。"

"我本来就很卑鄙啊。"我轻轻点头，"你不是老早就知道吗？"

"不是这个意思啦，是说阿伊会把自己的卑鄙展现给人家看，好稀奇呢。"

"哦……是吗？"

"难道昨天晚上发生了什么？"

玖渚窥伺着呆呆地注视着我，有些时候她的直觉准得异常，越没征兆就越恶劣。我摇摇头，答道"没什么啊"。

"只不过，我还要上学、打工，想早点把这里的事解决而已，仅此而已，很无聊的理由。"

"哼，听起来好假。"玖渚疑心重重地看着我，"阿伊撒谎就跟呼吸一样自然，搞得人家想相信朋友的时候却不能相信，真头疼呢。"

"真的啊，我没骗你。"

"好啦，又没关系，阿伊说的就算是假话人家也会听。"

"嗯，不过刚才那些都是王牌……或者更接近底牌吧。在不得不借助玖渚本家和'Team'的力量之前，首先就会和博士正面交锋，战略上不一定行得通。"

而最大的难关便在于与卿壹郎博士互相欺骗、互相猜测的过程中，我们能否取胜。显然在策略战和交易时玖渚完全派不上用场，无论如何都派不上用场。这样一来，就不得不由我出面履行"戏言玩家"的职责，而当下我手中能打的牌实在有限。当今局面相当于对面满堂红，我却没得换牌，还得诈唬[1]一通，就算乐观估算，胜率也不会超过三成五，相当于大联盟强力打者的安打率。这样一看似乎又不算低。如此赌局，恐怕没有赌徒会硬着头皮应战吧。

"是吧，和音音也仔细讨论一下好了。"

"就这么办吧。"

我把手放在玖渚头上，一起离开房间，直接前去拜访铃无小姐。可敲门进去以后，眼前的光景却大大出乎我的意料。

房间里有三个人。

第一位自然是铃无小姐，她已将旗袍换成平时穿的那身黑色西装，黑框眼镜似乎也换成了隐形眼镜。此刻，她正神色复杂地倚在墙边。

---

1 与"满堂红（Full-house）"均为扑克术语，"诈唬（Bluff）"指在没有胜算的情况下押上很多筹码，虚张声势。——译者注

剩下的两位里，其中一人我也见过，但在这间房子里遇上着实有些意外——坐在床上的正是根尾先生，而且，他周身不再散发那种愚弄人的氛围，神情与铃无小姐同样复杂。

"……"

最后一人，这是个生面孔，头顶无毛……连青茬儿也剃得精光，鼻梁上还架了一副黑色太阳镜，好似电影里登场的可疑华裔，长得固然端正，可见了那发型（能这么说吗？），再加上纹丝不动的冰山脸，这副尊容实在让人难以不提高警惕，个子挺高。一身打扮活像个古装剧演员，既然穿着白大褂，想来是研究所的人，可是……

"……咦？"

这里所有的职员，昨晚就全部见过了，那么这位秃子又是何许人也？究竟会是谁呢？小豹提供的资料不可能出错，如此一来，这位堂而皇之地坐在根尾先生身边的男性，便是——

"早上好。"根尾先生向矗立在门边的我打招呼，"昨晚睡得好吗？"

"还不错……虽然称不上舒适。"我心中疑惑却仍点点头，"嗯，至少不必让您挂心。"

"那就好。你来得正好——是吧？"根尾先生呵呵一笑，但仍然没有昨天那种轻浮的气质，总带着一丝不可否认的沉重，"我刚才还想去叫你呢。是吧，神足兄？"

"不关我事。"神秘美男简短地回答。

等等……刚才，根尾先生，你叫他——

"神足先生？"

我下意识地伸出手指着他。因为这个动作，神秘美男不快地瞪了我一眼，说道："是我。"

"干吗，我怎么了？"

"……"

我后退一步，结果撞上站在我身后的玖渚。她还没有看到房间里的状况，只是发出一声动物般的怪叫。

神足雏善先生，我记得他应该是像小说里的妖怪一样，全身覆盖着浓密发须的人，没记错啊，我实在无法平静地接受当下的情形。

"为什么？欸？欸？呃……对不起，我还是很混乱。"

"是你让我剪头发的。"

神足先生用他低沉的嗓音回答，仍然不带一点感情。从这点来看的话，虽然外表还是判若两人，但他无疑正是神足先生。那一头乱蓬蓬的长发全被剪去、剃光，然后胡子也被刮干净了？难道就因为被我那么一说？

"不然还有什么理由？"神足先生简短地回答，"人要对自己的发言负责。"

"……"

呜哇……我没有那个意思啊……

我一边不知所措，一边答道"现在这样更适合您，很帅气"。

还用说么，就算不帅，要是这会儿来句"不，还是之前更好吧。您这头发白剪了"——我还想好好做人呢。对于我的称赞，神足先生没有表现出任何反应，只别开视线一言不发。

我转向了铃无小姐，她一脸"看到没有，我早告诉你了"的表情。不，这边也是没话可说。

"哈哈，哎呀，吓到你了吧？"此时，根尾先生在胸前响亮地一击掌，"谁能想到神足兄长得这么美呢？有人说过女人剪了头发就判若两人，没想到对咱们男人也适用，今天早上吓了我一大跳呢，真叫一个吃惊，没准我剃个光头也能变成貌美型男呢。"

"不可能的。"

两位的交流模式也是一如既往，如果根尾先生没有小声补上一句"真的，要不是现在这种局面，倒还能笑出来"的话。

"这种局面？"我重复着他的话，"这种局面是什么意思？难道出事了吗？"

"你很敏锐嘛，ER计划的留学生小哥。"根尾先生应答，"我方才正和这位美丽的小姐说呢。"

我闻言看看铃无小姐，她点点头表示确认。

"伊字诀，看来……怎么说呢，好像事情麻烦了。"

"麻烦了……"

究竟是什么呢？能让根尾先生和神足先生大清早特意跑来宿舍的麻烦事。这样看来，只可能是跟卿壹郎博士或兔吊木有关……不，难道是昨晚的事？难道当时被人看到了？想着，我的手抚上自

241

己的脸颊。

"……"

不，当然不是被春日井小姐亲过的那边。

"对。"铃无小姐点点头，"二月份那会儿吧，你刚搬来的时候，不是和浅野之间发生过什么吗？从那以后你们才要好的，就跟那事差不多吧。不，比之更甚。"

"比之更甚吗？"

我都无法想象是什么状况了。

我又看向根尾先生。

后者"呼"地叹了口气，从床上站起来。

"那么，百闻不如一见……咱们去七栋吧。"根尾先生咯吱咯吱地挠着头皮，从我身边经过，"我今天这还是第一次去呢……第一次去就得看那个，没准这就叫因果报应吧。"

"七栋……也就是说，兔吊木先生他——"

"总而言之，"没等我把话问完，根尾先生便像稍稍恢复了平时的气势，小题大做地说，"我们不得不向诸位——通报一个悲伤的消息了。"

2

那是一副宛如神乡般的光景。

我见过无数次。

我至今为止已经见过这样的光景无数次，足以使神经麻痹停止思考的无数次，上个月、上上个月，再者前一个月都见到过。而眼前这副景象却令我战栗，令我产生某种感动甚至于某种兴奋——如此情景，就在这间房屋中铺陈开去。

不，该说是为人所设。

这彻头彻尾是弄来展示给别人看的。

"——兔吊木——垓辅……"

兔吊木的身体被钉在雪白的墙上。

我做不到用"简直像殉道者一样"比喻他现在的惨状。虽然话说不了太绝，但无论从哪个角度，以何种方式观察，这都不是那样模棱两可的惨象，饰以辞藻毫无意义，眼前只是，只不过是一具再明显不过的、被残忍杀害的尸体，除此以外什么都不是。这种东西，这种绝对性的东西，还能被比喻成什么呢？

"……"

他那双总是笑眯眯的双眼已经失去了往日的光泽，取而代之的是已经张开利刃的剪刀，剪刀最尖锐的部分甚至已经抵达了头部。

看上去已经没了生机，但致命伤是不是那里还未可知。

因为他的嘴中也被刺入了一把刀子——比我防身的断刃要粗犷得多。

胸口和腹部也都受到了致命伤害，现状惨不忍睹。

两柄粗壮的利刃穿过他的双腿，直接刺进了背后的墙壁。正是因为这三支铁楔的作用，兔吊木才被悬挂在了墙壁之上。

十字架刑。

全身鲜血淋漓的兔吊木垓辅。

只有白发，落在脚边的橙色太阳眼镜和血染的白大褂这三样东西显示它曾是他，兔吊木的肉体本身再也没有什么原型可言。

而使它看起来最为稀奇古怪的一点是——

那具形体没有双臂，像是被强行拧掉一样，缺少肩膀以下的部分。这让兔吊木看起来更加不平衡、不自然，空落落的白衣长袖耷拉着，又添了几分诡异。

一塌糊涂，真正是一塌糊涂。

在怒斥其残忍及非人道之前，我根本无法理解这种行为、这个情景。把一具好端端的人类肉体破坏至此，破坏至此，最终破坏殆尽的行为，到底有什么意义？

十字架刑。

地板被染得通红一片，一部分已经半干，渐渐被氧化成黑色。眼前的惨状，简直像是兔吊木身体里所有的血都被泼在地上。

但比起这样的地板，目光自然而然还是会去看兔吊木半损的尸体，以及他背后的墙壁。那堵雪白的背景墙上，已经无法称之为雪白的那堵墙上——

写着血字。

巨大的血字，简直像兔吊木尸体的最后一样"装饰"。墙壁上，以鲜血挥洒出的文字组成了文章。

当然那绝不可能是死者留下的讯息。很明显，那是造成这副惨象的犯人——没错，那是凶手传达的话语。

血字各处都有擦痕，极难辨识，只能勉强理解其文意，那是一行手写体的英文句子——

"You just watch, 'Dead Blue'!"

"……"

"你闭嘴看着，玖渚友。"

我……

我看了看玖渚，看了一眼站在我身边的玖渚。

而我因为自己这项举动僵在了原地。

玖渚友她——

见到眼前这副光景——

见到曾经自己的伙伴，这次专程来救的朋友，昨日刚刚重逢的人，被钉在眼前的墙壁上，把那全身被钉在墙上的——"害恶细菌"兔吊木垓辅的模样收在眼底，读过凶手留给自己的消息以后——她在笑。

玖渚友的嘴角露出一丝微笑。

像是很开心，就差当众明言自己终于完成多年的夙愿，就差大肆宣扬自己总算得到了想要的东西，不存在任何一个碎片的天真无邪，不存在哪怕一个零件的朝气蓬勃，难以名状的笑容。

好似被这情景迷得神魂颠倒。

有如对这副景象感到安心。

简直就像，为此陷入深深的陶醉。

这不是我认识的玖渚友。

这是我所不知的"死线之蓝"。

我不认识这种东西。

相比和卿壹郎博士交谈时。

相比与兔吊木重逢时。

根本不能相提并论。

我这才有点明白了昨天嘴里还没插进刀的兔吊木真正想表达什么，这个熟知我所不识的玖渚友的男人，其言中之真意。虽然进展缓慢，但我总算开始懂了。

想要完全理解，大概还得花上不少时间，但此时的我确实被打开了开关。这开关宣告了如今的我，与眼前这位玖渚友之间，那迟到许久的开端。它历经六年时光，终于得以被按下。结果，最初的结束根本不代表最后的开始，无论做些什么，它都只不过是最初的结束罢了。而在那之后又是否会翻开新的终焉，若不亲身体会一番总归是不得而知的。所以……

"死线"与"细菌"仿佛相互凝望，静静地站在原地。

To be continued

后　记
POSTSCRIPT

　　胡乱引用夏目漱石的话真是不好意思，施莱格尔（Karl Wilhelm Friedrich Schlegel）似乎曾主张——"一切不付出努力、终日漫无目的、游手好闲的人才叫天才[1]"。不知他这是夸奖还是愚弄，着实有点摸不着头脑，但确实在外人看来，大多数天才的表现都是如此，此话一出也能取得强烈共鸣。再说人类本身就有"终日漫无目的、游手好闲"的倾向，我认为只是天才也包含在这个集合之中罢了。不过，所谓的凡人与天才之间的区别，也许正是"游手好闲"的方式完全不同吧？脑袋空空什么都不想的"游手好闲"和沉浸在思考之中的"游手好闲"，意义本身就不同，与目的、努力等一切也是完全无关，单纯比较头脑来看，其实回顾历史，被称作天才的人与凡人的举止是相差无几的。如何？我们阅读传记时，读到其中"天才"的人生既奇特又波澜壮阔，可要问起传记之外他们或她们过着怎样的生活，却普通得叫人吃惊。当然啦，要是每天都有发现或者摊上麻烦的话怎么活得下去，反过来说普普通通活着的人，人生里也总会有那么一两件奇特的事，总有那么些概率遇到。

1　"一切不付出努力、终日漫无目的、游手好闲的人才叫天才"，这句话出自夏目漱石的《三四郎》。——译者注

也就是说，人生经历本身没有什么大的不同，尽管如此，脑袋里卷起的——波澜壮阔、混乱泛滥的东西，也许并不是指天才的人生和生活方式，而是指他们的精神世界。不过就算这么说，外人看来也没什么区别，印象里仍会是终日漫无目的、游手好闲的模样。

本书有三位天才——玖渚友、斜道卿壹郎和兔吊木垓辅出场。其中，玖渚友是罪犯，斜道卿壹郎是老祸害，兔吊木垓辅则是破坏家。基于一些懂则懂、不懂则不懂的缘由，她犯下罪过，他老而祸害，他破而毁坏。但实际上，这个懂与不懂也许与是否天才无关，只取决于他们是否是他们自己吧。戏言系列第四弹《绝妙逻辑（上）兔吊木垓辅之戏言克星》正是以这种感觉挥笔写就的。当然，后面还有下卷。

按照惯例，在本书出版之际又受到插画师竹小姐和讲谈社文库编辑部不少照顾，在此致以由衷的感激。这个系列也快要跑过折返点了，还请诸位读者继续多多关照。

西尾维新

《SAIKOROJIKARU(JOU)UTSURIGIGAISUKE NO ZAREGOTO GOROSHI》
© NISIOISIN 2008
All rights reserved.
Original Japanese edition published by KODANSHA LTD.
Publication rights for Simplified Chinese character editon arranged with KODANSHA
LTD.through KODANSHA BEIJING CULTURE LTD.Beijing,China.
本书由日本讲谈社正式授权，版权所有，未经书面同意，不得以任何方式
做全面或局部翻印、仿制或转载。

图书在版编目（CIP）数据

绝妙逻辑. 上, 兔吊木垓辅之戏言克星 /（日）西尾维新著；戴枫译. -- 北京：中国广播影视出版社，2024.1
ISBN 978-7-5043-9051-6

Ⅰ. ①绝… Ⅱ. ①西… ②戴… Ⅲ. ①长篇小说－日本－现代 Ⅳ. ①I313.45

中国国家版本馆CIP数据核字(2023)第110439号

著作权合同登记号：图字 01-2022-5058

绝妙逻辑（上）：兔吊木垓辅之戏言克星

[日] 西尾维新　著
戴　枫　译

责任编辑	宋蕾佳
封面设计	MF 李宗男
版式设计	曾六六
责任校对	龚　晨

出版发行	中国广播影视出版社
电　　话	010-86093580　010-86093583
社　　址	北京市西城区真武庙二条9号
邮　　编	100045
网　　址	www.crtp.com.cn
电子信箱	crtp8@sina.com

经　　销	全国各地新华书店
印　　刷	北京盛通印刷股份有限公司

开　　本	880mm×1230mm　1/32
字　　数	154（千）字
印　　张	8.125
印　　次	2024年1月第1版　2024年1月第1次印刷

书　　号	ISBN 978-7-5043-9051-6
定　　价	48.00元

（版权所有　翻印必究·印装有误　负责调换）